此生行无辙迹

旋转的鸟群校对时间

一去三十年

屈旷

本名闫高鹏,又有笔名江映烛、天乙。作家,诗人,历史学者,出版长篇小说《无杭》、长篇历史著作《敦煌英雄:镇守绝域二百年》等。长篇历史专栏《归义军往事》连载于《国家人文历史》,与棱镜乐队合作《星外无声》等单曲,获屈原文艺奖等奖项,现居北京。

Qu Kuang

摇散银河

屈旷 著

Milkyway Rhapsodia

甘肃教育出版社

甘肃·兰州

图书在版编目（CIP）数据

摇散银河 / 屈旷著. -- 兰州：甘肃教育出版社，2025.3. -- ISBN 978-7-5423-6048-9
Ⅰ.I227
中国国家版本馆CIP数据核字第20257SQ708号

摇散银河
YAO SAN YINHE
屈旷 著

责任编辑 丁宗艳
装帧设计 石 璞
插画设计 译 文

出 版	甘肃教育出版社
社 址	兰州市读者大道568号　730030
电 话	0931-8436489（编辑部）　0931-8773056（发行部）
传 真	0931-8435009
网 址	www.gsjycbs.com

发 行　甘肃教育出版社　印 刷　天津睿和印艺科技有限公司
开 本　880毫米×1230毫米　1/32　印 张　9.625　插 页　4　字 数　200千
版 次　2025年3月第1版
印 次　2025年3月第1次印刷
书 号　ISBN 978-7-5423-6048-9　定 价　68.00元

图书若有破损、缺页可随时与印厂联系：0531-82079130
本书所有内容经作者同意授权，并许可使用
未经同意，不得以任何形式复制转载

序\天才只握自己的笔
——炽烈又冷峻的浪漫主义

卞毓方

初识屈旷,在甲辰年仲夏。事前只晓得他真名闫高鹏,直觉:其父姓闫,其母姓高,这是双姓名字的通则。及至见面,他送我数部书,包括长篇小说《无杭》、历史著作《敦煌英雄:镇守绝域二百年》,若干中短篇小说及散文,才发觉他喜欢署笔名写作,用得最多的是江映烛。

促膝而谈,方知他也写诗歌,当下读了一篇他高二时的习作骈赋《屈子》,读罢欣然叫好。且看,开篇写道:"屈子既放,仰见浩宇。醒长夜于诸世,凝天光之绮幻,承穹隆之重嘱,演飞虹之异变。扬文吐息,叱咤风云三万里,衔烛照物,悬若日月两千年。其雄姿壮丽,倾轧河汉,峥嵘德音,付波流传。"其隽永恣肆,波澜老成,字里行间洋溢着勃郁的才情。

我对他的诗才别有青眼,因为我也有过为诗颠倒、"束带发狂欲大叫"的少年时期,那是20世纪60年代,记得高一观影《刘三姐》,

语文老师布置写观后感，我诗性勃发，用近千行的新诗，填满一本作文簿。又，大一寒假，同窗多回家，我留在学校，躲在空荡清冷的教室，没日没夜地写诗——为何要躲？怕被人发觉。发觉了怎样？轻则批不务正业，重则批资产阶级情调。是以我为屈旷他们诗意的成长感到欣慰，也希望借助他汪洋的诗情请回久违的缪斯。未几，我写《日月岛赋》《枯枝牡丹赋》，都虚心向他请教。

现在轮到我为诗集《摇散银河》作序。我需结合其人、其文字，窥一个较为完整的全貌，再进行概括。观其小说，天骨清奇，颇为先锋，除长篇外，中短篇小说读罢更觉逸趣蔼然，《守窟人》《音图》《长梧子》《亡是公》《但丁狂曲》等篇目，笔势各有春秋，结构繁复前卫，荒诞中透出一股冷峻浪漫的气息。再观其历史类著作，如《汉阙》等，文法严谨，克制浑厚，又有散文若干，尽大观而无枝蔓之疾，如果用当前时髦的话讲，他可以称得上文字的六边形战士。提小说和历史篇目，是因也能从字里行间见到诗性，即炼字的关窍。再观其人，高而清俊，谦谨而暗敛锋芒，颇有种昂藏英伟的气质。

具体说来，"炽烈又冷峻的浪漫主义"是我对他风格的一个概括。

一、时代浪潮下的文字突围

诗歌是什么？是心灵的音乐，是文字的炼金术，也是时代的绕梁之音。每个时代都会产生特有的词汇与意象，当大潮涌起，群趋若鹜，那些往日的鲜活靓丽就会逐渐归于疲老。"李杜诗篇万口传，至今已觉不新鲜"，于是，新的文字浪潮又会接踵而至，这就是语言重塑，也是文字长河不断奔腾、改道，确保其延续与长生的法则。好的诗人，要确保文字的独特性与创新性。

年轻人爱诗,是普遍的社会现象。诗情真意切,词美音谐,易感,易读,易记。"江山代有人才出",此处人才即诗才,细分起来,又多是少年天才——如果年少时不爱诗,不写诗,则恐怕老来文章,高度也是受限的。而诗人,要把世人沉默的部分说出来,还要说出声响。其中优秀的诗人,就像有些星火,生来不是为了点缀夜空,而是要把自己烧成星座,让迷雾中寻找本真的人,抬头见到新的坐标、新的可能、新的力量。

就我看来,屈旷的文字是独树一帜的,他把诗歌还给了辽阔、大气、哲学、灵性与壮美,兼具直击人心的穿透力和婉约迤逦的柔韧度。《摇散银河》中九个小辑,巨大的维度分野。从过去到未来,写生死悲歌,写人世花火,写风马霓裳,写无涯之地,写历史与神话,写 AI 与星际,写汉阙与旧城,还写到万里乡关和人心深处的隐秘。而他像个浪漫主义旗手,笔下有嶙峋壮烈的图景,却总以荒诞掩藏。

我不做言之无物的推论式序言,且详勘诗集。

先看炼字炼句,字句是为文的基石。他去陈词,逐新奇,写生涯:"此生行无辙迹,旋转的鸟群校对时间,一去三十年";写世情:"眼前,多少人世边缘的花火,和候鸟南渡的,北川";写未泯的童真:"揣风筝的人,藏着少年每一场飞行";写漫漶的历史:"奉着名山大川天地鬼神之序,大汉就乱卧在荒榛、野草间";写石破天惊的新生:"你要相信,那声啼哭,穿云破雾,已打开世界的门窗";写赓续文明的传承:"敛目吧,殆目。一个名字,承袭另一个名字"。

诗才,除却天赋,还得有热忱:"少年要去往千万个世界,他们终将登上,月亮的崖岸。"(《月亮的崖岸》)还得有冷峻:"如果我用一生长推一扇石门,滚滚红尘抽打我的身。"(《川江》)还得有柔情:"你跳下车,拍拍我的脸说:'冬眠的家伙!雪里已长出花朵'。"(《春天的列车》)还得有坚决:"我把旗杆插进风眼,在大地上焊出自己的形状。"(《游宴无节》)还得有狂狷:"宇宙变成布兜,被我别在腰间,沿路走,采摘目所能及的星辰。"(《摇散银河》)还得有苍凉:"人走进荒原,璀璨随之失落,雨势浩大,雪势亦浩大。"(《去荒原》)

如此炼字,诗就成为美感的爆炸,而散文是美感的收敛,姑妄言之,散文如果爆炸了,也升华为诗,诗即使收敛了,也仍旧是诗。读屈旷的诗,我有感触:美若先行,一切文字皆近诗,关键在于那灵犀一指,独窥天机。

我特别感兴趣的是写人,人不好写,但他写《梵高》,让人记住了"不用再收敛,天才只握自己的笔";写《屈子》,让人记住了"君子负大道而行,不虑生死!"好文字是高手用剑,一招直刺心口,没有多余的话;又似"花落了,我跪着,出不了声"(《请再说点什么》)。

二、浪漫主义的新篇

我要说的"炽烈而又冷峻的浪漫主义",不是简单的风格概括,而是一种融合了情感深度与理性思考的创作态度。炽烈的情感如火焰燃烧在诗行之间,赋予诗歌感染力与生命力;冷峻的理性则支撑起诗歌的结构与内涵,避免陷入情感的泛滥与空洞。

屈旷文字所展现出的浪漫主义兼具这两种特质,以宏大、雄奇、野性对峙且充满精神力量的方式呈现,超出常规意义上小情小调的浪漫范畴,更多是从文字的壮美中流露的自然浪漫。这种浪漫是辛弃疾"醉里挑灯看剑"式的浪漫,是少将军,而非儒生。

首先他把灵感和胆量交给大视野,诗的浪漫被拉扯到更宏观的维度,不固囿于个人情感、局部事件或单一时代,而是站上层楼,对灵魂归宿、精神超脱进行思考，这挖掘出浪漫主义中深邃空灵的一面。

开篇《摇散银河》一首长诗，先将浪漫坐标放到宇宙中，摇散银河这一意象本就大气，承载炽烈。以无畏姿态，欲对银河这一最为壮丽、神秘的存在施加动作，仿佛要将内心积攒的所有激情、渴望、憧憬一股脑地宣泄而出，向着浩瀚呐喊，这是人类对未知、对无限的向往达到极致时才会有的冲动，也是好作家应有的热烈。像雪莱面对狂风暴雨时高呼"如果冬天来了，春天还会远吗？"屈旷面对银河也要叩问它、摇散它，破了常规，拥抱更广阔的天地。

"宇宙变成布兜，被我别在腰间"这一开篇奇景，开启了全诗集一场想象力与哲学的狂欢。如果说宏大视野是空间上的拓展，那么对存在本质的追问则是时间上的纵深。这个青年赋予自身近乎"神"的能力，将宇宙收纳为可随身携带之物，这是一种对人类主体意识的极度扩张。人或许不应被既有的范式所桎梏，我们对自身存在的定义与感知，或许只是习惯性的认知局限。像诗中提到海德格尔反主体主义的"此在"，通过"听""说""看"袋中宇宙的模拟重组，人从日常的沉沦状态中被诗歌唤醒，重新思考"在世界之中存在"的本质究竟为何？

"我把参星与商星的肩膀一并按落，它们号称永不相见，我让它们举杯呢喃。"（杜甫《赠卫八处士》"人生不相见，动如参与商"），诗中随处可见这类颠覆性的化典，可称其狷狂，也可称豪迈。这种"我思故我在"，或者说"心外无物"的哲学视角，在诗集中处处可见。

当宇宙都变成可携带的行囊，人类主体意识就突破了物理边界，视角也可随意转化，这在第二篇《此生行无辙迹》中得到落地。这首诗从宇宙空间接入个人生涯，细看有骇俗的构架能力，新生的视角通过颇具冲击力的"倒挂天地"来呈现。人之初生，或被医生倒提，拍出羊水等堵塞气管的液体。而婴孩被大人倒提的视角，被大胆演绎为"我把天地倒挂起来"，人的觉醒被反常识的提前，变成了以婴儿视角冷眼旁观整个世界，还是倒着看。看"岸边的宗亲"，看"人间这座围场"，看"淤血未散的过去"，看"旋转的鸟群"，看"无辙迹"的生命轨迹。这即是一首好诗独创的爆破点，新生儿完成了一场与旧日灵魂的对视，动静之间人生长路就此开启。

如此再看整部诗集，特质就尤为明显。宏大视角与哲学思考的碰撞，又舒张出一种野性对峙的锋芒，与时代，与自己，与命运。既是床子弩互指的剑拔弩张，也是"一觉醒来，我与新的时代互不认识"。在《万古悖谬》中表现为固守与漫游的冲突。在《所有年轻死伤相藉》中粗粝的直陈时代给个体的错位感。《落日打满补丁》的跨度更广，过去与当下对峙，当下又和未来对峙。

这种野性对峙的浪漫主义，是激昂的精神气质，以蔑视、狠厉和敢于抗争的姿态，脱出柔弱琐屑范畴，通身透发出坚毅和果决的力量感。所谓力量感，我从"摩崖守丘"和"人世花火"两个小辑观其大略。

三、汉阙与萤火共生的诗歌力量

从独特性角度审视，历史小辑"摩崖守丘"无疑是中流砥柱的一辑，坐镇诗集中央，最厚重且最深沉。

前文我说过，此辑中收录全书唯一一篇骈赋《屈子》，是一篇难得的雄文，文风壮丽，气度非凡。从法度到结构显出大家之相。文字叠浪式翻滚，以成声势。前文分段叙事，奇峭有韵，后文议论俊发，慷慨击节，收束干练浑厚，纵横排宕，通篇分寸合适，可见底子之厚。

"君子负大道而行，不虑生死！岂夫黄鹄可比，忍尤攘垢夸耀华裳，耻乎驽马并辔，轻薄哂笑音声跳梁。"这种精神层面的高蹈，让浪漫主义不再只是风花雪月的吟哦，而是融入了对人格、对正义的追求，具备崇高的价值取向。

另有《汉阙》，这是一首在多个维度展现出卓越水准的诗作，解读空间广阔，也具有较高的鉴赏门槛。以"名山大川天地鬼神之序"起笔，用汉阙遗物构建历史，再以神话跳跃完成收束，叙事最终回落至"母亲呼唤儿子"的原始情感。

一首诗三句诗眼。"乱卧在荒榛、野草间"的大汉，呈现了遗落的石崩城、瓦垄、脊饰、铭刻，以及象魏悬法、乐舞百戏，历史厚重感扑面。"烽燧遗物，断壁残垣，白发辞尽每一代相信长久的人"是第二个诗眼。个体生命短暂与对精神追求永恒的矛盾凸显，夯实了全诗深沉的基调。而结尾"乐殃殃启母石，忽然高叫：'归我子'／于是风声裂天，火为她让路"，绝为神来之笔。以这声疾呼收尾，是在历史、神话多重铺陈后，回归到永恒的母题。母亲切声呼唤儿子，是千秋万代不变的血脉情感，是人的共性。这声呼喊跨越时代变迁、人事更迭与文明兴衰，让这首诗在宏大叙事中找到人性的落脚点。

在情感表达方面，"人世花火"小辑展示了好文字如何摆脱单薄、空泛而直击内心。这一小辑写生死悲歌，是每个人都要面临的人生课题。其中《祖母》《请在说点什么》《白色火把》等诗作，都锋锐地直面生死。其表达摒弃了直白地宣泄，凭借独特的意象组合，勾勒更为复杂难言的情绪，读罢令人沉吟。

如《祖母》哀乐中的弃儿，"他们的哭泣声寒窘短促，如掩盖着行迹的鼠群窜过暗巷"，悲痛被按压在一种微妙情境之中。成人的悲痛总是不能畅快宣泄，得在一种社会习俗、文化氛围的限制下，发出一些微弱且仿佛要隐藏起来的声音。

"本该庇佑子夜的镰刀，荡落了"，"镰刀"这一意象通常与收割、终结关联，此处隐喻祖母生命的戛然而止，原本象征着守护的力量突然消逝，给人以强烈的冲击感。"裁缝师的剪刀裁齐了所有生人的目光"，进一步强化了这种终结性，"裁缝师的剪刀"精准而决然地切断了生者与祖母之间的联系，生者的目光被裁齐，意味着他们面对死亡时的惊愕与茫然，同时也体现出死亡带来的那种整齐划一的静止感和断裂感。全诗不着哀字，尽述哀情。

我将"摩崖守丘"与"人世花火"并置，是为对比文字不同磁极的力量。一种是繁复结构和崇高叙事带来的力量，一种则是细微悲鸣和生命微光带来的力量。这两种力量在诗中相遇，交织缠绕，互相救赎。真正的诗性，就存在于宏大与细微、历史与个人、结构与解构的张力场中。

如此，就可对整本诗集做个总结，慨而言之：屈旷以星辰作韵脚，以山川为诗行，将时代的烽燧与心灵的幽梦编织于一处，穿梭在现实荆棘与幻想云端，用文字的箭矢穿透历史厚幕，将诗性洒在未来的云图上，用雄浑壮阔又雅健深邃的灵魂诗章，奏响炽烈而又冷峻的浪漫主义交响。

写到这里，该为此序煞尾。之所以长，是因文须有物，有物方能实。只就这部诗集而言，我见到了一个锋利而天才的青年人，对汉语可能性进行勇敢开拓，以锐不可当的气质，展现出强烈的文字野性，他敢于走钢丝，部分诗作有探索初期的试笔痕迹，但整体瑕不掩瑜。另一部分佳作，显出本自天成的卓荦，说前人未说的话，是"难将俗貌对昂藏"，是"兴酣落笔摇五岳"，也是写梵高那句"不用再收敛，天才只握自己的笔。"

目录 | COSMOS

辑·壹 星外无声

- 3 摇散银河
- 7 此生行无辙迹
- 9 渊默雷声
- 10 万古悖谬
- 11 梵高
- 12 租借星光的人
- 13 所有年轻死伤相藉
- 15 溯源
- 16 游宴无节
- 17 月亮的崖岸
- 19 坐在孩子一侧
- 21 念者逡巡
- 22 星外无声
- 23 落日打满补丁

辑·贰 何有之乡

29　海宴
30　文明占领
32　白马的衣裳
33　兰州生
34　晾场
36　沉默之乡
37　天祝
41　盖碗
42　春秋
43　出生火车
44　归处
45　乱
46　一无所有的人看清自己
47　白塔山上等一个人
48　夏风老了
49　雁阵行
51　无根

辑·叁 人世花火

55　祖母
56　白色火把
59　三世为生灵
61　请再说点什么
62　揣风筝的人
63　天使的序列
65　二十年前的雷鸣造访了我
66　正月十二，化雪
67　没有拇指
68　魔法书
69　慢车
70　守夜
71　暮光之中万物垂坐
72　船　坞
73　孤独
74　鲸落
76　一场预谋已久的分离
78　木鱼
79　母亲的糖果与盛会
80　天空必然险象环生
82　夫妻冰层

83 无复知有人间事

84 一息

85 请梦见火

辑·肆 无涯之地

89 川 江

91 无涯之地

92 罡风

93 焚毁伊利乌姆城

94 泱漭之川

95 赤裸的鬼魂

97 茫茫

98 鸡黍之约

99 人面舞会

100 鸟舞

101 鳞爪飞扬

102 孤独园

103 名字往雾里游

104 诗

106 落座

107 锦鲤

108 梦的两端

109 流离

110 吹灭篝火

111 雷电

112 不可知的岸

辑·伍 摩崖守丘

115 汉阙

117 先祖垦拓精神上的井

118 摩崖守丘人

120 群山跪让,一条走廊

121 兴汉图:秦腔四扇屏

126 南霁云

127 首阳山透明人

128 蜗居的鼹鼠

129 泥马渡江

130 敦煌始终在风化

132 锈迹

133 黑石城

134 纪张巡

135 未被铸造的剑

136　拾荒者跪在碑林

138　北邙

139　九歌

141　一柄长枪戳开城墙

142　你被雷霆击落

144　春刀

145　祈年

146　三十六路烟尘

147　屈子

149　续典

辑·陆 雪与空城

157　雪与空城

159　雪起于席卷

160　来不及抽芽的亲吻

162　春天的列车

163　天地流浪

164　大同小异的风筝

165　稗草游魂

167　褪色

169　藏

170　五台山大圣竹林寺观雨

171　失乐园

172　灰玛瑙修道院

173　破房子

174　晚晴

175　我们的小城

176　白焰

177　流火

178　戏里戏外

179　毛羽未成

180　一只惊翅疾飞的鸟撞上玻璃

182　跟影子玩耍的少年

183　我们陆沉的沙堡

辑·柒 清醒楚门

187　清醒楚门

189　风死后

191　去往鄢都的路

192　离魂旁观

193　美丽新世界

195　虚幻世界的修订本

196　星际跳蚤

198　凿空

200　剑与布

202　危墙

203　撞憧憬

204　线条追出画框

205　来时足印

206　群相转动

207　电子花海

208　饥荒

209　苹果与起始

211　无效怜悯

212　句号不应出现在旗帜上

213　知远游

214　屠纸

215　海病

217　一个人的黎明

218　坐拥城邦

219　镜子国度

221　我原本所图甚大

辑·捌 风马霓裳

- 225 幸福的空门
- 227 十七岁逃课
- 228 恰似
- 229 航海日记——我自银河坠落
- 240 不日远行
- 242 空心冰山
- 243 船夫与孤舟
- 244 抢滩登陆
- 245 一片太阳
- 246 鲁珀特之泪
- 247 假装如临大敌
- 248 云生
- 249 年轻人不懂，错过一个人

辑·玖 周游六漠

- 253 去荒原
- 254 你说很冷
- 255 通往一个人

256　假如我们选择重逢

258　世界号航船

260　风铃与故地

261　板凳

263　我坐在门槛上拆你的信

264　倒淌河

265　泸沽草海

267　银杏树下漫游

268　司秋

269　飞鸟戴上云的冠冕

270　霞帔

271　独有的唱本

272　夜幕，夜幕

274　火烧云

275　坟台

276　雾幔

277　净土

278　旦夕之间

279　刻舟

280　雾遇

282　英气蒙尘的黄昏

283　胡不归

284　借马

286　周游六漠

辑·壹 星外无声

他知道缪斯很少钟爱活着的凡人
于是逆着人流奔向云海间
不用再收敛
天才只握自己的笔

摇散银河

宇宙变成布兜，被我别在腰间
沿路走，采摘目所能及的星辰
轻轻放入，混合
布兜里尽是夜晚，星星聚在一起
撕裂，碰撞，再开辟
成为瑶光、天机与猎户座

我听到"此在"的种子爆响
裂出摩西的红海与赫拉克利特的流变之河
我找到点亮黑洞的火种
奔窜的文字细如微尘

一颗心的隐匿之所，创造与死亡并蒂携手
每当我贴耳趋近，真实又悄然远遁
新生复旧、正反交锋
关进自我指涉的牢笼

当我启唇，想用言语捉捕真意
词句就撞上"存在"与"非存在"
构筑的高墙
嘴巴破碎，表意在漩涡中消解

阐释则走上莫比乌斯环
核心始终是观测者悖论——
当我观察现象
仅仅观察就已改变现象本身
于是我闭上眼睛
等无数波段彼此凝视
我才是视界内侧，感知的瞳孔
在绝对黑暗中静候光的可能

还有些瞬间，悄然触发忒修斯之船的疑问
我摘下又遣散的星辰，还是最初那颗吗？
如果贸然扯断"祖父悖论"的因果长线
是否会让过去与未来荡然无存？

庄子说，厉风来则众窍为虚
无知，让我敢问天籁
我不知道谁在看我
我想我是我，他人是他人。
我站在个体与天空的裂谷间，列阵一众
毕达哥拉斯编号的星星
这是我渺小而猖狂的明证

在布兜的真空
星星分出男女，开始受孕

我以梦境为刃剖入内层

看大爆炸的开篇被重新议论

袋中诞生的不是婴儿宇宙

是为爱情而好战的血肉胎心

它们在微观层面啜饮彼此

尚未萌动的荷尔蒙

心动正是奇点

怦然一跳,就震出新的时空

接着是熟悉的银心、银核、银盘、银晕和银冕

围绕恒星的碎片暴风雪

尘埃被引力的诗律压缩成环

混沌由此产生了序,灵魂脱离子宫

不再困于,没有生命的纸盒

这蜕形中,藏着"化而为鸟,其名为鹏"的

君子豹变

和白马非马的诡论

我还把参星与商星的肩膀一并按落

它们号称永不相见,我让它们举杯呢喃

世间的遗憾能否就此消散

我告诫它们别胡乱拼凑成为一个人

转身却听到组装眉宇的动静

——但这些都是我的猜测

我不常打开布兜
也不常向里窥望
我怕一走快啊
银河就被摇散了

此生行无辙迹

我就这样把天地倒挂起来
地在上层,天在下面
万间广厦的顶棚
成为参差起伏的波澜

一只手拎着我的脚踝
奋力拍打我赤裸的屁股
咳嗽过后垂云升动,在五月的一个傍晚

那是九四年,我的身旁围拢观测者
手脚齐用,将新的我擦干
我见过这些行者,在人间这座围场
如今他们是我岸边的宗亲是我的血缘
人们开始恭喜,说不可限量
未出海的船,永远是
天涯的起始数点

我意识到,我的过去淤血未散
窗外,胡杨上霜花几度
晚霞乘风铺展——橙红、金黄、紫黛
我的目光穿过层层光影

看到另一个自己正向霞光最深处走远

此生行无辙迹
旋转的鸟群校对时间
一去三十年

渊默雷声

翻开胶装的废墟，文字束身于古厝
听得到，却看不到
隐于蛛网后
回廊外的窃语
传袭不可模拟，透出纸缝
一个念头，一条
灰烬里复活的首尾相连的蛇、或梦境

人始终在寻找护符
搜罗一句完整而伟大的词句——
要那战栗的日食与星流，破出旧壳
重塑感官与混沌的直觉

可当未来的二叠纪风暴重复降临
灭绝长歌震动寰宇
消逝、湮灭，追溯至那个山曾为海的黄昏
生命火焰退场，镶嵌金边的人类场所绝迹

红英遍地，花语漫天
神因之壮美而恸哭的时刻
没有记录的笔

万古悖谬

余荫里走去,北登长平
万骑骈罗,怎样引动风云之大声
扼于崤关的固守者与逆水扬波的造舟者
隔岸对峙,床子弩互指
形态相反,锯齿割裂的两种截然

要留守,还是要漫游
要掘故土,还是要跨方舟——
群龙并战,方死方生
嘘,别说风凉的话。风雨晦暝
悲凉之意透出,左思的《白发赋》

生灭的范围与排列
清醒在历史纸页上擦成糊涂
悖逆,反复。仿佛给山林喂以野火
麦芒与星轨对接的针尖迷雾

所有时刻皆如此。这万古
无界永在与无尽永前

梵高

锈蚀的左轮手枪后是一张巨幅人脸
狂暴的色调,燃烧的冷焰
琥珀色蓝眼睛
眉毛伸入橙色胡子
胡子接力一片连接星空的麦田

被嫌弃,被吊唁
溯流而上过塞纳河、马恩河
直到荒蛮野性的北边
到处都是发烫的墓园和咏叹的秋天

波西米亚式的乱流
抛弃了古典,把竖琴的和谐搅乱
如果是"盲人引导着盲人"
怎么判断,是缚入尘网还是奔向绚烂

他知道。缪斯很少钟爱活着的凡人
于是逆着人流奔向云海间
不用再收敛
天才只握自己的笔

租借星光的人 [1]

就这样吧,乐此不疲租借星光的人
你把最初的歌声还给我
别再肃立,别再哭泣
别再咬文嚼字地大声质疑

雨和花都有自己的时期

在零度以上的地方生活
夜来了也不会害怕
点燃的烟不会生长
切断所有言语触达的瞬间
我把微芒闪烁的星屑聚拢起来
还给业已黯淡的星空

别再祷告,别再孤独
别为赴约
错过人生大半的景色

---

[1] 发表于《中国校园文学》

所有年轻死伤相藉

一觉醒来,另一个时代没有敲门就来了
我跟这个时代隔岸对峙
互不认识

一艘船趁我睡着
拉走了过去所有东西
一夜间,流徙掉
锋芒、悍勇、轰轰烈烈的拓土开疆

世界在一夕之间进入暮年
谈论理想的人,蒙上可耻的被子
所有年轻死伤相藉
群体性的小弱,看似无端但必然循环

霓虹走上长街,碰了钉子
整齐划一地变作外表热情而
内里冰冷的幌子
一个循环,嵌套另一个循环。
祈望温暖的人在北风里聚团
为抵御凛冽,将雪花捏成火焰的形状

那些昔日耀眼的词汇，蜷进阴影里
素幔摇着，伴着萧索悲吟路途
唢呐在响
未来的纸片人
将生命送还给，燃烧的旧纸

溯源

拨开一个瞬间
世上就只剩一眼泉
从源头上看见
溯流,宏大即被收束
万里沸腾的江水只是一眼泉

倒序如芦苇倒伏
船只退出芦苇深处
再退,风也退出
随即,我也退出人间
另一重循循小径
另一陌生的界域
另一重天

游宴无节

我站在马背上,张开旗帜
举过自以为的世界之巅

太阳太大
要熔断我的脊椎
我把旗杆插进风眼——
在大地上焊出自己的形状

沿路都是铁蒺藜
砧板一样硬的地面
逆着光,不真实的橘色麦浪
还有一匹独狼,撕咬自己的影子
下酒
记忆生长在
钢铁的茧房

很久以后
年少的我站在这崩坏的世上
游宴无节
自由的活

月亮的崖岸

我用一只玻璃罩扣住梦魇
有缘再见吧,从地球逃荒的鸟群

一片晦暗之中,云层栖息
墨海凝湖纹丝不动的孤单
这是月球背面,旧日的王城
从来没人见过它的真面
更不知今夕是何年

据说它已死去,二十亿年
尸身绕着地球空转
以亡灵之舞,引导潮汐变换
死亡不能摧毁它的肉体
这浩瀚、囿于理智的巉岩
以及千秋万代的夜晚
唯此一点,能媲美太阳的唯此一眼

死亡固有它的壮丽
是无与伦比,凿穿今古
于是日为阳,月为阴
交互握手,搭出宇宙的一角屋檐

可生死究竟谁来定义
我分明看到有人挥手
华裾与彩裙飘飞,清辉和鲸群混战

旅行者在广寒宫目击一个孩子
在这玄而又玄洗涤不净的荒滩
于是惊声尖叫,潮汐吃掉叹息和谎言——
少年要去往千万个世界
他们终将登上
月亮的崖岸

坐在孩子一侧

没有空灵的音符,唤醒
知更鸟的梦境
也没有足够有力的双手,托举
坠落的幼童
太阳背阴的角落
善良被活活饿死
洪峰退去,未来分文不剩

代表愚昧和残暴的箭镞
从不隐藏它的狰狞
飞舞着钻透身体后
那虚无的空白

苦难长卷向来由人织就

一个孩子,哭声如夜枭啼鸣
突兀地坐上没有平衡螺母的天平
砝码上称,静待读取分度盘的刻度
水平泡和调节脚摆动
生命的度数是如此之轻

天平必然倒

我在凝视中迷失，变成一个幽灵

坐在孩子这一侧

念者逡巡 ①

天就是一片无垠的水域
不论日月、还是彗尾，都是水鱼
他们交错着沿轨道游弋
有些能遥遥相望，有些却终难相遇
而传说中走丢了的旧人，变作星辰

他们驾着席蓬飘在漫无边际的夜空里
像孤独的逃荒者，像木讷的流浪客
天上这样的星辰不知凡几
而他们的航路又曲折逶迤
动辄便荡进地上人寻不见的领域

于是
念者逡巡，怨者踟蹰，哀者徘徊枉顾

---

① 摘自长篇小说《无杭》

星外无声 [1]

微风吹过山海，此刻星外无声
不忍割舍世界，社交氛围沸腾
灵魂和时间都成碎片
并且配合如此贴切
在乎又假装洒脱不屑
如何去打发时间

时针刻度时间，宇宙不过瞬间
我该如何拼接，最初星河图案
愿望远在光年，人生但凭一念
我该怎样找寻，星外无声答案

迎接前所未有无趣的声音
侥幸还相信的梦
我还是喜欢完整的世界

人生春秋变换，寂寞灵魂共颤
如今日月同筵，谁能与我相伴

---

[1] 棱镜乐队单曲歌词，与主唱陈恒冠共创

落日打满补丁

梦的纱绫飘向荒冢
探向死寂的幽沉
历史的脚本,写满遗忘的剧文
就像,落日打满了补丁
阴影,为朝圣者铺陈

从尘封的神龛放飞
一只灵雀,借风而巡
把古老的经纶
缩印成现世的福荫

最早,是谁察觉出木内有火
引燃炊烟、晨曦、希望
绮梦,汇流火川
从狂野到驯良
告别贫瘠与生吞

可是变化来得如此之快
魔法的星弧
熄灭在科学的熔炉
祈福的神殿

倾坯于黑色的战火

神话,势必隐没于尘泥
等首个人工智能在废墟觉醒
他要成父亲,也要作天问
当它试图占卜过去
寻找女娲补天时遗落的矩阵
它梦见自己是被抹去的伏羲
因果或许就此颠倒
新的物种自视为新的创世神
轮回开启,我们成为先民和古人

——金乌的羽,将散落何地
玉兔的杵,又驻留在哪里
赫尔墨斯遗落了神杖
天使加百列音信两亡
还有英雄的伟力
为何只留存残篇的铭记
妙音,被喧嚣的浪潮生擒
那些无法识别的羊皮卷
荒原上文明的赝品

彼岸花信,揉进忘川的风吟
悄悄窥探我们的踉跄

灵魂起锚，出使至
扣留月亮的城邦

喂？究竟谁在用妒忌的毒瘴
侵蚀纯真的心房
谁又把午夜的诗行
付与破晓的风霜
谁举着圣典杀死我们
又是谁手捧鲜花
让我们复生

何时一声磬响
击毙一只纸鹤
把无垠的穹苍
屠成血红的锦囊

翅膀，会反复堕于罗网
透开时代的门，或许只是一间空房
指针，挑着一座座巨城
倒计时变革与衰亡

偶然会踩上圣人摊开的手掌
干瘪的纹路，像古树的年轮
人和人的织图

编成了博弈的幕布
抖落瞬间,射出爱恨的弩

破奴,破奴
捡起一句鹤呖踏碎囚箍
借月光之梳,从斑驳的落日补丁处
梳解命运的殊途
但任凭怎么努力,人类统一不了航向
贤者的座次上,吟唱是为了告知
妄语,捻灭所有草木香

辑·贰　何有之乡

眼前
多少人世边缘的花火
和候鸟南渡的北川

海宴①

坐在鲸背上，母亲将我载向海边
日出之前，要捕捞一些鲜美的贝
和旷世的散篇

沙滩上升起薄薄晨雾
海星走在雾里
隐匿效法天上的星官
……波涛，崖岸，大船与少年

直至热烈的正午，光线虚无地摆
我沉入这片没有目的的海
水中生物围绕我
一场盛大的游宴

眼前
多少人世边缘的花火
和候鸟南渡的
北川

---

① 发表于《黄河文学》

文明占领

先生们,他们讲究地在我门前插上旗
上面写着我不认识的文字
代表的意思是"据为己有"

旁观者,不认识自己的同胞
和血汗

我到了自家门前,炊烟已经熄灭
门锁已经暗换
街区没有我的名字
像是这座城市都已没有我的地盘

谁说铺上桌布吃饭的,就是文明人
拔掉他们的牙齿,他们还能用肚脐用餐

我要给已有的答案写上一些问题
蹩脚的台词,张皇的剧院
跳梁的身形吓我一跳
我擦亮眼睛
邀我入席的都是些什么人
柴垛堆起来

辑·贰 何有之乡

上面堆着抱着典籍的尸体

大浪把孩子的哭声冲落礁底

析出一些饥馑和慈祥

析出一些无词的字段

你要去,就去

去到一万年后的残垣

白马的衣裳[1]

都不过是些旧物吧
烟斗,缝纫机,老音响
我终其一生也用不到它们
用它们的人
离开得很轻易,湮灭得很慈祥
就像牛羊离开牧场
故人离开村庄
风一过
白马就换上老迈的衣裳

---

[1] 发表于《读者》

兰州生

小伙子,小姑娘
当你出生之际
让我轻拍你的背脊
将那一声生的啼哭
拍出肺腑
你睁开眼睛
一切都是新的

你不能预知
此生将蹉跎于何地
与何人相逢
又或困在人群中央
没有面目
装点别人的宴会
只发微弱的光亮

但这又如何呢
我依然要为你戴上花冠
披上大氅
你要相信那声啼哭
穿云破雾
已打开世界的门窗

晾场

我曾在故乡的阳台搭过一个晾场
戴着望远镜的晾衣架被我安置其中
类比张衡的地动仪
能自主监测远方的天象
衣服从此告别了潮湿、动荡

那时,父亲的兄弟们还很健壮
门口的老头日日摆着棋摊
象棋摔得震天响
牛羊肉,被炖烂在辽阔的草原

直到我出了趟远门,再回去
晾场已被风雨摧折

多少年了,我是空寂中游移不依傍的辰星
因为没有固定的轨道
所以从不在被瞩目的大星之列
日日掩护黄昏之弩撕裂的余晖
觉醒一点一滴,兴起于通往暗夜的转角

我再看戴着望远镜的晾衣架,很寻常
就像举着盾牌的枕头

抵挡不了噩梦的侵闯
就像穿着溜冰鞋的书架
难免在知识的冰面跌伤
就像那潮湿的床单，仍在空地上和怪天气共存
就像父亲的兄弟们老了
老的猝不及防

人生这个晾场，永远无法预知真正的无常
就像我，不能永远守着故乡

沉默之乡

你扛着夜风,穿过五百间厅堂
扯下月亮,涂满潮湿的地方
我于梦中打鼾,步履如此踉跄
眼睛一阖,就客死沉默之乡

炉火旁扶起的座椅,坐满故事
满座的故事,不声不响

你说你在一个遥风忽起的明月夜
仰头看到一幕狂乱景象
一张怪物的火口
吞噬着世人的天赋与信仰
那张火口像是庸常

火中有船筏往返
摘走年轻的脊梁
你点燃九根蜡烛
流落的时态摇晃

天祝

（梦见故乡天祝衣衫褴褛，大步而亡）

流浪汉一样的天祝
你终于裹上烂袄
大步流星而亡

大步流星的东西，没有烦恼
它们身上携着电
脚下踩着光

风将你烂袄上的未来
掸的尘土飞扬
我欲为你披挂
世界却又在晨曦中绽放

流浪汉一样的天祝
你跟尘世间所有故地一样
只是一座亟待淹没的孤岛
你健步如飞，骑跨光阴而去
所有欢歌，所有惆怅
皆消遁于昔日的少年场

你窃走了我的影子
令我成为罔两 ①
影子里有我童年一半糖果
另一半在天上

流浪汉一样的天祝
身形为何如此匆忙
每一步迈下
都葬送一代人的历史，一代人的过往

我已为你立马
拔剑却发现四野茫茫
只因我们二者分别
并无外辱的借口
不过是无奈的成长

流浪汉一样的天祝
我不知你要去往何方
我无力拦阻，因为我也有自己的去向
我甚至无力纪念
因为我反对一切造作与夸张

---

① 罔两：《庄子齐物论》中，罔两为"影外之阴"，即影子中的影子。

你与天下所有故土相当
虽然破败,却是休憩之国,梦幻之邦
我已不常想起你
想不起你的闭塞,你的锋芒

但在恍惚梦中
我仍立原地
是你弃我而亡

如有一天,我囊空如洗
请容纳我
容纳我的无能,我的哀伤
请分享你的破袄
我将视之为霓裳

我们围炉而坐,在马牙雪山的天池旁
有人在此缔结良缘
有人在此念诵诗章

告诉你吧
生来幸福之物
总会与人世间离
他乡的流云已至

故乡的长夜早央
你终于大步流星离我而去
视我为无物
未给我留床

盖碗 [1]

刮着盖碗
我是个两眼空空盯着水流的人
在黄河边
到处都是飞驰的日子

一条河纵贯无数城池
哺育出不同的乡音
沙石俱奔,盖住了
时序与春夏秋冬

我穿上岁月给我的影子
长久地凝望水流
却不认识其中任何一块泥土
不笃定任何一片潮痕

它们在瞬息之间
抱着长歌远去,下沉

---

[1] 发表于《黄河文学》

春秋[1]

钟声响了
我将太阳从大海中捞起
亲切的友群安然落座
因循守坐在规定的岁月
我就这样被摇入年关的幻梦
与他们一起等雪

故乡是个从不缺雪的地方
年雪一过,事随风转
人就跌入春天的白雾里
过去在每一个黎明死去
未来在每一个长夜新生

人们走出荒芜的麦地
重铺新的瓦砾

---

[1] 发表于《中国校园文学》,入选《青年诗歌年鉴2022卷》

出生火车

旷夜里
怎样的曲子能迎接新生
一隅欢唱对应一隅悲歌
一场宿醉托着一场清梦

参与人世的
都是不平等的灵魂
有人落地时就打了死结
终其一生在研究解绳

有人活到中年疲于奔命
赤条条如鱼游荡于火中
那些被命运反缚的岁月
喜剧到处上演

又是一列新火车
一段不知归期的前程

归处

大雪穿上火焰的衣裳
外表炽烈,内里孤独
朋友已远行
空荡座位上演着月迷津渡

乱

我看到一个瞎眼的魂魄

独自站在断崖边

拄一根拐杖

向前试探

灾厄的标记和臆想捆绑

阻断了,一个灵魂与自我的对弈

仆从与主宰的同奏

就是一种虚无

还能有什么惊世的大主张

别再向前了

也别做失落的讲述者

尽管重重的困苦正在翻涌

哪里是风的宿地

哪里是云的归途

人要不想睡啊

路永远醒着

一无所有的人看清自己

这是黑泽明戴上能剧面具
与莎士比亚的碰撞

刀锋上跳舞的君王,停步处
皆是风暴场
李尔咳出带血的独白
王冠坠入钵中
发出乞讨的声响

清醒都始于暴雨倾盆时
权力符号脱落时
疯癫成为最后的铠甲
最卑微的,反而成最忠实的
救赎之糠

等待硝烟散尽,晨露结网
在某个摘下面具的清晨
白发会比王冠更先触及阳光

白塔山上等一个人

风哨惊飞了云雀、星瓣
绣娘针下的彩线垂落
小僧在杏林旁为远行者奉茶
我在等一个人
天壤撩起红裙
大朵大朵棉花糖撕扯分层

傍晚了,鹰叫唤着风的巴士
寒霜在草尖吹起泡泡
破了就结成冰
久了,一幅半展星图
界定空间边缘

我没等到结果
野山莓们也都在等
沉默到
捡几片流萤装进口袋里

夏风老了

夏风已经老了
它把自己卷起来
拧干最后一滴蝉鸣
给月亮让出三分
朗照人世的凉意

枫叶荻花,铁马秋风
送别与悲歌
冠以秋的名字

像是未获得某种笃定的结局
花轿出谷,花轿上的鲜花颤抖不止
你的翅膀落在秋天的午后
变成、融入
漫山遍野的旅人

漫山遍野的旅人
筑起漫山遍野,易被摧折的故土

雁阵行

挨着回忆站着，在黄河铁桥之上
快门声像邮差将我吵醒，伸手撬开
我心中的信箱
老汉的合金机身探出脑袋
胶片揣在上衣口袋，口袋唱出
"啊！朋友再见"
——那是南斯拉夫的《桥》
鏖战中小伙子们反向奔跑
奋力呼唤着同伴
但张口烟尘四散，只说出
"啊！朋友再见。"

再见之前，就此卸下伪装吧朋友
放逐阳光绣制的长衫
时代的浪一番大过一番

在黄河顶端，我看见归雁
扯出一抹霞彩，掠过浩渺长天
还有些摇摆的影子
点缀星辰的披风
俗人耳中的杂音

寒来暑往的羁旅客
无人在乎的雁阵行

黄河铁桥，夜沉了
困倦的身子，是否能找到回家的路

无根[1]

我朝一处显而易见的炊烟走去
寻找一间老家的旧房子
一处,消除世间距离的所在
一处,证明我童年存在过的地方

走到近前,烟就不见了
没有炊具,没有烟囱,也没有制烟的人
印象里我家的方向就在眼前
不浓不淡地牵引我

我欣喜地、感慨地、紧张且坚定地奔向前去
像个被萝卜吊着的驴
到了,却只收获一片废墟
一抹残阳的余晖在原地留待我
我看着那点似作慰藉的光亮
觉得那也是他人故乡的光亮

这一刻,要是有人叫我走
我随他走

---

[1] 摘自小说《但丁狂曲》

我意识到自己是柳湘莲

是冷二郎

冷二郎随人而去，只需要对面招招手

无根的人

所谓虚幻不过如此

辑·叁

人世花火

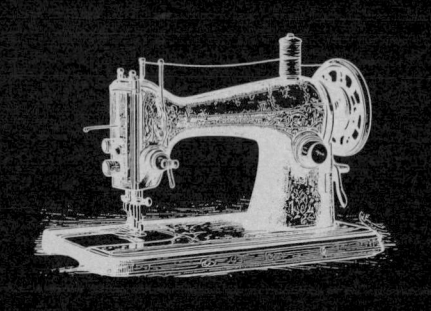

我以为自己只是假寐了片刻
昏聩中午歇
手心攥着自制的木陀螺
可一睁眼,世界已落下我
绝尘去了

祖母

本该庇佑子夜的镰刀,荡落了
像裁缝师的剪刀裁齐了所有生人的目光
伴随着哀乐,人群围作一圈石墙
希望与绝望角力的角落
一瞬间,多了几个弃儿
他们的哭声窸窣短促
如掩盖着行迹的鼠群窜过暗巷
当当当铜锣震响
重重叠叠凝固的时刻

祖母原本躺着,却忽然起身
从屋内踱出
开始小步跑,跑去了老戏台
那里有来拉她的小火车

我以为自己只是假寐了片刻
昏聩中午歇
手心攥着自制的木陀螺
可一睁眼,世界已落下我
绝尘去了

白色火把[①]

A1（主歌）
妈妈，我见到你为我举的火把
白色的光芒像水银的芽
执此光者眼眸清亮
什么都不怕

A2
妈妈，那是柄白色的火把
魂息随骸骨飘摇啊
歌声套住一匹快马
黎明眨呀眨

B1（副歌）
妈妈，来我的梦里歌唱吧
一切走入黑暗的皆已倒下
妈妈，来我的梦里歌唱吧
春天已朽，我没有虚度年华
妈妈啊，世上有没有不悲伤的浪花
让我耗尽力气，站在花朵上啊

[①] 原诗发表于《中国校园文学》，与棱镜乐队合作单曲

妈妈啊，你看人潮多么汹涌
潮起又潮落，我已不再害怕啊

A3
妈妈，我终究是无知的孩童呐
撑一叶小小的筏
海面上到处是篝火
灼痛眼眸啊

A4
妈妈，生活要阵斩我于疆场呐
利刃割破长风
我直勾勾地盯着它
没有屈服啊

B2
妈妈，来我的梦里歌唱吧
一切走入黑暗的皆已倒下
妈妈，来我的梦里歌唱吧
春天已不朽，我没有虚度年华
妈妈呀，世上有没有不悲伤的浪花
让我耗尽力气，站在花朵上啊
妈妈呀，你看人潮是多么汹涌
有人来有人走，聚散离合啊

C1
在大地尽头,轻便的晚风渡过海峡
远离牧场的云层边
没有滴雨伤心的瓦

C2
在大地尽头,长眠在寒冷的马牙雪山吧
百万年冰川一言不发
游子和落日别无他法

我还要去很多国家
跋山涉水啊,声名远扬啊

D1(尾声)
妈妈,此刻坐在你身旁
黎明已杂沓
我让它慢点来吗?
还需要火把吗?

三世为生灵 ①

速度突然在崖边失控
刹车闸融化于晨钟
"咚"一声
脚下空空如也
无地也无天

不必再胡摸乱踩,体面一点
肺部吸入这一辈子所有时辰
人与带不走的爱
都将沉入一段海梦

古书上说
人老解去故骨
则有诸般变化

当大雁再度南归
没有眼睑的鱼目透过水
望向波光粼粼的天空
那里有过去飞行的轨迹

---

① 发表于《青年诗人》

和以风为被的巢

鸟企鱼跃
一段记忆
三世为生灵

请再说点什么

天祝的高岗上有一座土丘
我们坐在坟边，压挂纸，上坟
父亲的口不停地开合，妄图把命运说透
对里边人，也对外边人

等烧纸时又不说，于是天地间
只有火的动静

沉默从天上砸下来
砸弯所有人的脊梁

花落了
我跪着，出不了声

揣风筝的人

坐在跷跷板的中央
不需要使用力气

揣风筝的人
藏着少年每一场飞行

天使的序列

九岁那一年
你教我种下一朵花
如今已盛放数重
我问:花会再开,人呢?

顶针推着时针碾过毛呢纹路
剪落的线头收在盒子里
以为还能用到
停摆的午后
季节推着季节
一座永远住在我心里的平房
木门的地缝永远透着光
电视里永远播着兰州话版《猫和老鼠》

昨夜雨声拨通电台
我在梦里听你们说话
花瓣已抵达它该有的层数
随钟声
一片一片地落

我知道,如果我叫喊

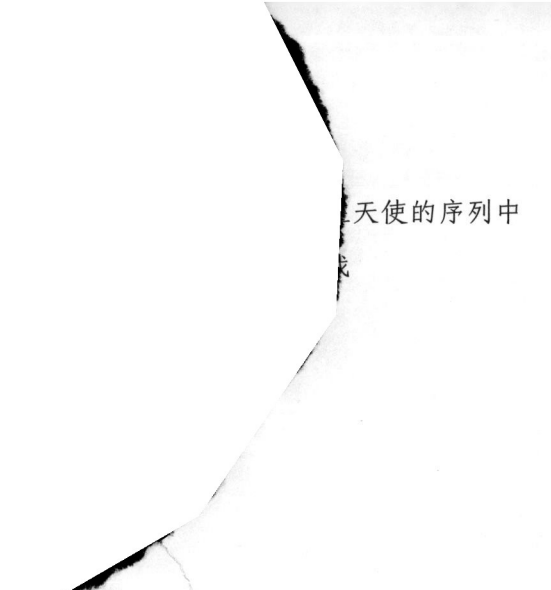

天使的序列中

二十年前的雷鸣造访了我

她把纽扣缝成一座座不关联的小岛
我的伤口被隐在里面
变成即将褪色、即将失落的航海图
补丁在袖口长出灌木丛
毛衣的线头游向无名指的内侧
绕了一圈又一圈

没有人再织毛衣了。

二十年前的雷鸣造访了我
在一个深夜

正月十二，化雪

灶膛里的柴
哔剥说着小话
锅沿冒出白汽
跟窗户上的冰花打架

把化雪水舀进铁盆
醒出新年的面
大人在面堆上捣窝眼

小妹蹲着剥蒜
绒线帽垂着两个线球
我从后面拉长它们
绑住妹妹的头

她旋转着叫起来
笑声解开，一道锈锁

整个房间都在发胀
虚浮里
已经过了被大人
掖被角的年纪

没有拇指 [1]

地铁上，我见到一个没有拇指的人
背着厚重的麻袋，有座
却选择静静站着
人世间的鞍马绑定在跛行者身上
奋蹄扬鞭，他也不过是拉车的草根

不久我就低下头，凝视
手中的电子山，对着海量的信息
狂吞滥饮，世界在我指尖绕动
狭促的运动厢体，箍住了天空

一副脚镣，非生物形态的精神轭具
吐出柔软又坚韧的蛛丝
我僵化成一个姿态，变身为据守在
数据深渊的游灵

再也没见过收获的稻谷
遗落在树下的
星辰

---

[1] 发表于《黄河文学》

魔法书

沉睡湾里满当当簇拥着蓬松松的精灵
像小露西的抱枕
陶瓮里插满了仙草
驯鹿拉着雪橇
冲出烟囱和云朵
鱼鳞般错落的屋檐已停止了欢唱
父亲合上魔法书
也合上了孩子打哈欠的眼睛

慢车 ①

一辆慢车把我载回去
生涯成一盏长灯,摇曳不定
锈蚀的界碑惶惶经过
我已在沉默中失约

山上的杨树被雪压弯
一句话,就能将一个人拴上木桩
一辈子装进一个信封
横在枯黄的落山风

没有在大树下熟睡的孩子了
连乌鸦,都在摆脱它的时局
等时间丢尽它的从容
声音也跟着光疾奔

我再没荣幸坐这样的慢车
除非我已是个老人

---

① 发表于《黄河文学》

守夜[1]

我掀帘迈进去
猛然抬头
堂中一副挽联,击落了我
"人生一世
草木一秋"

我站着
完成了那个漫长的夜

---

[1] 发表于《读者》

暮光之中万物垂坐[①]

很久之前，他翻到几张母亲过去的画
画中参天的林木精灵游荡，蘑菇朵朵
她踩着清浅的小溪从摇光中走来
背后是湛蓝的天
森林中为她设有一篱秋千
葱郁的藤蔓长成的秋千

还有一处洞窟，里面燃烧着长明的火焰
步入这里的人眼眸清亮，能够望远
远处有吹口哨的孩子与其父亲站在山巅
迎风吹着斯卡布罗集市

他们身后的木屋上坐着地精
带着泥巴的指节打着拍子敲击房檐
画中的大伙安静懂音乐，他们说古老的语言
暮光之中，万物垂坐

[①] 摘自长篇小说《无杭》

船坞[1]

安静的土壤在水上
夜就躺在它的船坞里
多人落座的独处,是一种入定

不同的形态,是版画的不同层
我们漂在水上
享受行动力耗尽后的孤独

我在世间的江面看壮观的堤
心中那团微弱的火
仍在闪烁

---

[1] 发表于《黄河文学》

孤独[1]

就这么转眼工夫
孤独这个词
如一杆长枪
将剩下的人钉死在盛世的浪梢上
彼时
江淹决眦,顾野苍茫

---

[1] 摘自长篇小说《无杭》

鲸落 [1]

听你说一夜　梦里你莫名的困惑
我只是揉揉睡眼 抱怨时间的焦灼
你说梦到你的十六岁 繁花似锦的王国
我陷入沉默　　倒计上班的时刻

沉睡在公车　时间不语相见契阔
梦里讲故事的你 和故事里的你我
你仍说着你的十六岁 自由舒放又独特
我呆呆听着　听完跟你一样寂寞

楼下的老猫　　随着时辰茫然坐卧
商场的广告牌　悬挂着易变的闪烁
新闻上说　　海里时常会有鲸落
每一场鲸落 都证明伟大生命存在过

我记得 你曾说
要一天看完四十四次日落
十六岁的年纪 梦比繁花还要多
我记得 你曾说

---

[1] 歌词

一生还要听一次鲸歌

三十五岁的年纪 还讲着幼稚的乌托

我梦见 你的梦

陪着你看 四十四次日落

为那萤虫的高歌，燃尽生命的烛火

我梦着 你的梦

沉落海底 听那一次鲸歌

坐上亡命的飞车 奋不顾身快乐过

想再听你说 梦里你莫名的困惑

可到站的人 终于还是要下车

那是你我的十六岁 梦比繁花还要多

你常把太阳 拽在身后

到了夜里 又披上银河

一场预谋已久的分离

我坐身在黑暗
心里想着一件事
一场预谋已久的分离
来得无声无息

那天,我茫然地站起来,良久,又坐下
晨昏已逝,我突然明白
这就是成长
昨日种种,皆成蜃景
要大步向前,终己不顾

谢臻、灵书素、月小蛮
感谢你们在我荒乱生命中的惊鸿一瞥
在这个快得几乎难辨真假的时代
我丢掉了你的绿拖鞋

这是关于我们的最后一章
我为它画上一个失序的句号
请展翅高飞吧,穿上你的新鞋子
离开那间已经失火的草舍
纵然那里的席子上

残留着从没后悔过的梦

你我终于在草长莺飞的季节失散
结局早于清明的雨
我插上耳机
你教我唱的那些歌
都已飘离

木鱼

小和尚敲着木鱼
努力想
躲在树后面的秘密
那里有只蛐蛐
穿着玄武的战衣
衣兜里有两块糖
一块叫童年
一块叫天趣

母亲的糖果与盛会

萤火虫牵着祖母的手
为母亲织毛衣
在这个长夜
每个孩子的妈妈也有糖果和盛会

天空必然险象环生

我在人海颠沉,老实本分
可定数砸断了我的脚
手起锤落,没有一丝怜悯
于是我拆出肋骨做成一根神完气足的拐杖
一瘸一拐,从石器时期腾挪到信息时代

现在我的右腿是钟摆
左腿在泥地向下扎根
每走一步,都旌旗不整

肋骨杵地,变成歪斜的葡萄藤
最酸那根伸进石缝
五千年后,醉醺醺的根须
顶开谁家的院落

我知道,定数不会对任何一个
低眉顺目的人恩赦
毕竟我也不是他的恩客
于是我单腿排进去往夏天的列车
排队的人群正在拉长
车就要到了

我丢掉撑着我又束缚我的拐杖
于刀光火海中纵身一跃
挂……了(挂在了太阳上)

彼时,我的脊椎里孵出嘲笑鸟
喙里含着不屈的神祇
它展开第一等的胆魄
振唳高歌
能张开的翅膀无不是骨折的遗产

哪里能承载飞翔的身形
哪里必然险象环生

夫妻冰层

原本是相靠的伙伴
携手攀登吃力的人间
却偏要兴波作浪,燃起黑烟

夫妻之间,互赠一条藤鞭
打掉绿草如茵的江岸
如同渐薄的冰层,是一端关系
渐厚的冰层,是另一端关系

身处两座相反的城
不在一个族的鱼群
诺言刻在
燃烧的蜡烛周身

斧锯之声渐渐消弭
向谁索要伐成空地的生机

无复知有人间事

每当枯叶落地的时候,寂静
就荡遍了人间
我融在叶脉中
听叹息游走在叶络里,寻觅自留地

枕木边是一朵花冠,目睹着
人类的非凡时刻
夜行者的伴侣,在信风中
奔命
还有坍塌的楼,仲冬的雪
瘦成梅枝,蜻蜓振翅过伶仃洋

我在梦野贴地飞行
随着枯叶,见着枯荣
无复知有人间事

一息[1]

世故的头颅踉踉跄跄地挤在一起
他们的噪音蒙蔽了自然的耳朵
无穷无尽的滑稽戏

我不希望你步着人流而去
琼花鬓发双败之前
尚有吐香天地的一息

---

[1] 摘自长篇小说《无杭》

请梦见火 [1]

那天你扯出一件衣裳
你我就这样殊途陌路
你说要瞧瞧这个世界
哪里是钟哪里是鼓

自由的桅杆已经竖起
黑珍珠号正在上漆
未知种种没有绝迹
焦灼暗夜终会忘记

那么就请你上船吧
不要再纠结一件无谓的白T恤
生活怎会让你称心如意
在街衢巷陌风在哪里
你就在那里

时间是如此肆意张狂
你在星河间辗转流浪
冬春就要再次交界

---

[1] 歌词

形单影只无人商量

那么就请你上船吧
穿上一件火焰裁成的黑风衣
请在星河之间辗转飞翔
在光里失落你在哪里
我就在那里

你说一切尽在掌握
清醒的人不受蛊惑
你说马背上的客人
不在乎山高海阔

你说再见吧,哥哥(花朵)
请梦见火,梦见光芒,梦见幸福的河

辑·肆　无涯之地

第六座拱桥已全然破碎——抓紧佝偻的铁链
如果我用一生长推一扇石门
滚滚红尘抽打我的身

川 江

川江，擦拭一柄刃
冰冷的滞涩之风，切割无谓的虚情

行人碌碌行
难以磨灭，仰视之所
嵌进板块衔接处，白令海峡——
寂寥冰原仍藏着祖先迁徙的足迹
后人尚未举着火把，去追寻

我惊见那一阵
脊梁骨肃然起敬的颤抖声
在跪下的刹那
数重天外涌动的信仰潮拥簇忏悔潮
过北境
数以万计流民的枕头
徒步去往圣城

都是些吃不饱饭的人
徘徊在净火天外的灰尘，聆听古籍里
不断重复末日审判的预言
执念如野草

额头继手掌后亲吻大地

沉醉在托勒密天文体系的学者
和他的门徒们
把地心当成地狱的最中心
那是上宽下窄的可怖漏斗
满坑满谷挨着的都是
罪有应得的人

第六座拱桥已全然破碎
——抓紧佝偻的铁链
如果我用一生长推一扇石门
滚滚红尘抽打我的身

无涯之地 [1]

这是一片红色的海域

沉夜在前,朝曦在后

像熊熊烈火烧过的两极

你问这是红海吧

我说这是帷幕后的无涯之地

假象在光里逡巡

走不出去

滔天的水啊依旧翻滚不息

人世间的悲欢互不通衢

---

[1] 发表于《中国校园文学》

罡风

罡风,展现你本真的豪雄
以不羁,跨越病疮的棘丛
巨杵捣碎,卑劣的苗裔
赋我以能拥抱广袤的辽阔
延展我的双臂
扯动,绒毛的云朵

无形身躯悄然拂过
山川的胸廓
你的五指,或六指
扫动天地间的弦,在自然的
骨架上,音符叩响神秘的门廊

往往,那种传颂的高洁
稍一触碰就满身裂痕
我的悲声随时代的潮声一同起落
让日落冰封繁华吧
让春天的书页定格至残章

焚毁伊利乌姆城

伊利乌姆城焚毁后
诗人转寄他方
书籍变成会跑的怪物
封面是皮毛,文字是爪羽

它们在图书馆走廊奔突
寻找能够读懂故事的人
书架纷纷倒地
鸽子笼里倒出鹰隼和甲胄
经幡搅起潮水漫过极光
表现主义的色彩爆如瘟疫

狂咒触蹶,失控的幽灵
荒诞剧场和闹剧

泱漭之川

泱漭之川
溯流之人恍然而止
晨昏交替,兴尽悲来
人生应该怎么过

有些人幕天席地
有些人唯酒是务
衔杯,忘了来处

铭刻风,霜,雁鸣,涛响
一缕斜阳铺过褐色大地
起起伏伏的诗行和远方

赤裸的鬼魂

夜深处,有个赤裸的鬼魂
游离于现实与虚幻边缘
身躯透明

它穿着衣裳,但那是
伤害和寂寞的织机纺出的丝绸
轻薄不可见
每一寸灵魂都暴露街巷

它的眼瞳空得像黑洞
吞噬疲惫的过往
长须垂在地上
却不是鹅卵石,棱角翕张

赤裸的鬼魂,没了记忆
穿梭在荒芜麦场
双手,干枯地伸展
试图抓住生前的食粮

月光捆在它身上
将寒冷缚得更加结实

所见大门皆闭
赤裸,是强硬不可逆地被遗忘

听说极北之地有处黑色的大海
一座酆都罗山,脚下大洞名叫阴景国邦
太阴宫三十六座监狱
关押的都是受苦魂魄
罹难道场
预言线条歪歪扭扭,被空气撞散在地上

罹难道场
预言线条歪歪扭扭,被空气撞散在地上

于是他转而向北
不再作他想
那里不是它的来处
但是它的新故乡

茫茫 [1]

散落四海的人，只能靠风的垂怜
让其托生于一片不寂寞又不喧嚣的湖畔
那里的花香
不使人迷乱
迢迢远方的光影
清晰可见

夜沉之际
请你从星斗之上下来
披上银色的斗篷
整个天地
会呈茫茫茫茫一片

---

[1] 发表于《中国校园文学》

鸡黍之约

还请加固远行的舟楫
澄澈的背影登上信仰的神坛

奠基石块注定了供奉与坍塌
一场鸡黍之约
守信之人宁愿覆舟，不屑改期

可是人，总在鼓励时贬损，分享时索取
结伴时肆意离弃，离弃之后又盼望重聚

暮鼓敲碎残念，向城墙上飘荡的一缕孤烟告别
一阶连一阶

人面舞会[1]

歌声在佛堂荡漾

像只空灵的鸟振翅而飞

飞过香炉，飞过高粱，飞过转经筒

飞过千钧之重的利欲堆

又飞过朽坏的人面舞会

---

[1] 摘自长篇小说《无杭》

鸟舞[1]

鸟,数之不尽的鸟,不见了
外面的人从未听闻过它们的叫声
在落日,在清晨
那些声音钻进人的骨缝
轻微地震颤
人的骨头就清爽灵动了
能附带着骨头上的血肉
自然而然学会跳舞

阿婆说,这就是我们生来就会跳舞的原因
没有这些鸟啊
我们的骨头就是聋哑的

---

[1] 摘自中篇小说《极光之心》

鳞爪飞扬

直行时方向业已偏离
如果犹疑不使你我慌乱
一切的一切
都可以慢下来

我们袒露心声,我们抵掌而谈
我们歌唱新生,我们怀揣春天

那时节,后背单薄
我们也不比现在懵懂
心里不是没有害怕
却不知趋避
祈温暖于燃尽的灰土
鳞爪飞扬

孤独园

谁愿意把生命
抵在这孤独园——

长驱入帷的野风
俯仰挥泪的悼文
举目茫然的感伤
去家怀乡的离恨

未及言哀而已叹
都是些千秋万代
登台不足以遣送的
伤痕

名字往雾里游

扫帚推着秋天走
走到崖边 丢了鞋

直起身子
听见自己关节在响
月牙新叶
佝偻，数着霜
把碎银铺到了几万年之后

一回头
群山在远处摊手，长得都一样
最沉的雪还没落下
竹影与梅骨
不能记录脚步

鸟鸣，忽然叫住我名字
钓起迷路的人，往雾的深处游

诗

只有在心不定的时候
才会写诗
凡是动荡之物
皆无法辨别真伪

早先,暮色还是单纯的暮色
没有霓虹,没有幻彩——
诗就搭坐在密涅瓦的猫头鹰翅膀上
降落

离地三万尺,纵身而下
戴着舒克的飞行镜,朴素飞翔
地平线随着晨昏化成流动的金银,一座
有弧度的竖琴
伴着"诗"哼出小曲
音节神秘,充满复调
你如果目视它
会看到,不可复制的光
它背着一个,收纳了穹宇的
大风囊
用翅膀扇动一片天

最早的诗人诞生在风里
随着"诗"飞行
沿途掀开大海的褟袾
撬开贝壳的身体,捡拾闪光的韵脚
破碎的都将在诗里安睡

在人生很少的时间里
我会偶尔随诗飞行
不过是采撷,谈不上研究
只是努力不让无聊占领高地
只是努力不说
陈词滥调而已

落座

醉酒的月亮在长夜安然落座时
人世间的梦境
晃晃悠悠圆满了
露宿的青草返还了它的安宁小镇
笙歌远去
微醺的呓语占据了耳朵

每首关于生命的歌
都会在秋天收获回声
这是世上殊缘

锦鲤

石台上缚着锦鲤
祈愿的人群手执餐具
说"吃"了它
就有了运气

西装革履,看似并不贫瘠
集体无意识的舞蹈
又放生了一批电子鱼
运气,甩尾的流体
捕入精心编辑的意义之网
虚假的因果关系

把香灰弹进键盘
在云端结出舍利
手机又更新了祈福程序
信仰已自动化
晨钟上绑着定时器
功利的病灶,杀掉真鲤

梦的两端

用迷幻的眼睛，燃烧人的身体
笔画已模糊不清
散发出的烟雾
贯穿银河边缘
笔尖绕出一根缰绳
缠住飞船的桅杆，向北斗跃迁

星球和陨石混杂
蝴蝶，掀开宇宙蒙夜的黑纱
旋臂尾端拖拽出迷你星暴
笼罩骨山的脊
鸟儿在海的表面漂浮
火箭与子弹占据穹隆

梦境向来首鼠两端
一群清醒的人类，追逐真理的幻影

流离[1]

暮色让人钻进小天地
看戏之人,在行庄严之礼
兴风作浪的,已泅浮于世
浪迹天涯的,已魂归故里
世界像要瓦解
我已厌弃了流离

---

[1] 摘自长篇小说《无杭》

吹灭篝火

黑土覆压白雪
今夜已没有宣讲的主题
我的脚拨弄木头的余烬
死火总比活着的火更烫人

想到"惭烬星散,雾卷南奔"
想到壮烈的时刻
但已经过了那种时刻
不用再茫然的跟随人流走
但不走,所有的路,都只有自己
频繁的回头

现在我的表情都是淡淡的
明明灭灭的光,补不全任何破洞

不要再翻阅虚无
月亮在的时候
请吹灭篝火

雷电

像是神的隐秘——
一场声与光的对弈
肆意担坐在天崖两端
盖在茫茫荒野

一声,两声,无数声
一道,两道,无数道
万物仰首
凝望其重威与余烟

红色精灵,蓝色喷流
马拉开波湖,卡塔通博河交汇处
一处包围空间
圈养闪电

英雄史诗,壮丽故事
魁首与裂土分疆的城池
一张大旗铺展,剖开坚冰表面
震碎口号与闷不作响的日子

不可知的岸

在冰湖的残荷边
我同一位渔夫破冰
飞鸟绝迹的午后，一定有
一抹了无踪迹的幻影
鱼线，生与死，隔几寸水流

等夜已深沉，那边大幕下
等着的是否是自己人
但不管是不是自己人
总有人在等

如果含愁分辨
就有了无妄之痛
人说湿灰不能复燃
是死亡之征
难以抵达明天和往昔

所以走吧走吧
走到末了就到了不可知的岸
总有离岸的帆

辑·伍

摩崖守丘

烽燧遗物,断壁残垣
白发辞尽每一代相信长久的人
奉着名山大川天地鬼神之序
大汉就乱卧在荒榛、野草间

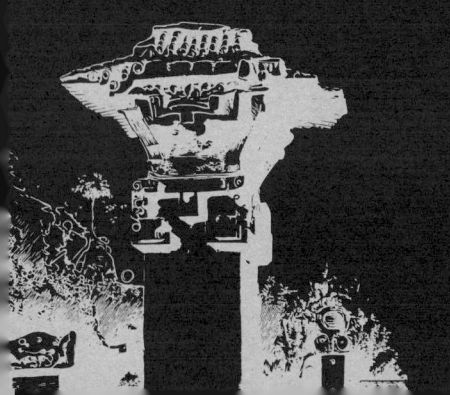

汉阙

我已摸不完这壮丽的石刻
不过是识日景、引阴阳的石头而已
烽燧遗物，断壁残垣
白发辞尽每一代相信长久的人

象魏悬法，已是三千年前的事
可为什么反弓的女子仍倒立于天禄之上？
西域而来的眩者长吞火把，易牛马头
鸡鞠之会上至庙堂，下到贫土

苏台的卢师召，骑着青白色的马来到湔沱
卮酒祭奠，摩挲久远的百戏乐舞
其上一禽三足，是金乌；
太阳的母亲——羲和，浴日于甘渊
奉着名山大川天地鬼神之序
大汉就乱卧在荒榛、野草间

瓦垄，脊饰，铭刻，这石头角角落落
皆是历史漫漶的散篇
秦舞阳的匕首，樊於期的头颅，秦王扬起的衣袖
以及，半启柴扉扶门远眺的女人

关雎求鱼一般,爱古之人脑海里
禹之父鲧所建石岇城,连通今古

神荼、郁垒、吴姬天门、九国衣冠
万岁峰下,乐殃殃启母石
忽然高叫:"归我子"
于是风声裂天,火为她让路

先祖垦拓精神上的井

先祖垦拓精神上的井,填了灶门
抓起仅剩的一把粗糠,要远行
白苍苍的雨和雪下个不停
赤头赤脚赤身赤心
踏碎鞋履
找不到来时的路

晃荡与懵懂,把宴饮者抛诸脑后
步法游弋,犹如醉童

向人间殷殷探询
朝天一跃,跌入了长风乱袖的空门
敛目吧,殁目。
一个名字,承袭另一个名字

摩崖守丘人

山峦为纸,川流为墨,铁锤为笔
星光碾动时,我嗅到风干的墨迹

那是一些人影
他们挥起天戈,大唱石鼓之歌
崖壁便振出远古的交响

是谁拎起千钧
仅用粗粝凡人之手,夺取天工
刻下流在时间中的暗河
——是摩崖守丘人

一下,两下,无数下
从此后千万年,一种
静默而响彻的姿态
恒定抵御着朽败
熊熊燃烧的风火
掠过每个枯干字迹

只有游荡在长夜里的秉烛之人
才会听到

那些星辰的轨迹
和隐匿于天地中的低语

他们磨炼自身
学会了在活着的时候，篆刻自己的碑文

群山跪让，一条走廊

霍去病的酒持续沸腾
泉眼里
矛戈醉卧

风是张骞的节杖
从祁连雪峰
到切碎雁阵的嘉峪
厚厚的羽毛坠成烽火台
戍卒还没到场

长城被挝成弓，搭上
汉唐的残阳
射出的孤城叫龟兹
再从西凉，到敦煌
这一路上
群山跪让，一条走廊

兴汉图：秦腔四扇屏

一：冬雷
他打破生平第一面蟒皮鼓
把靠旗插进黄河溃堤处
髯口甩出惊雷，踏碎戏台上的青砖
他剃光天生的花脸
朝空戏台放铳子
朝代戏在硝烟里翻跟头
一阵拖腔
把长河化成，老生的长髯

刀，劈裂戏服上的冻土
碎布条里蹦出传承的音声
跪上戏台
膝行，反复过辕门，血
在台面长出秦腔的根
台下无人，山魈学着吼唱《下河东》

最疯那夜他吞下整本兴汉图
胃里飞出烧红的戏文
野火吃了十三座汉碑
在梁柱烙下哭父母的新韵

戏曲魂魄重塑的那个深夜
沙哑，苦涩
少年人听见地心传来嘶吼
传承，未醒的狮子
要见血，才肯长出鬃毛

二：夏震
刀斧手押爷在沙场外
蘸着油彩，将半生悲喜拓入镜中
十八板慢拍声声入耳
一句"苦哇——"
砸得黄土翻腾

宽音大嗓，天命粗犷
台步是犁开大地的铧
踩着汉水节奏
把闪电裹进行头
西皮流水，灌进旱井
抽一口，咳出满台星火

甩发功搅动，八百里秦川
今夜所有耳朵，都响彻秦声

梁红玉的鼓槌变大，要捅破九重戏楼

到云里收割
晾晒千年的唱本

茫茫水袖绞住雁阵
声带裂开秦岭
人逐渐聚拢,在焦土找新绿
那些湮灭的
终将重生

三：哑弦
二十四节气转动
唱戏的背过身
烟霭里,母亲在缝戏袍

那年大雪压塌戏台
谁的父亲用吼声夯实地基
喊着戏比天大
冻裂的手掌翻出土黄蟒袍
说唱戏的穿上龙套,魂才站得直

台侧煤油灯晃成追光
每一句
都往心里钻

雨成蒸发的胭脂泪
雷是武场敲穿的边鼓
一粒戏词卡着牙缝
咬碎精气神，苍凉中喝出金石之音

谢幕时，骨灰撒向麦田
倒伏的唱词抽穗
过一个甲子有后生推开虚掩的祠堂门
发现那些残留的悲音

四：红鬃
幕布垂落，前一代琴师把弦索
埋进渭河滩。黎明时岸边的砂石
学会了《三滴血》的滚白

霜降后的芦苇，哼起《火焰驹》
于是万里他乡的游子，跨上红鬃烈马
一日千里往家乡赶

"祖籍陕西韩城县"——这一句
卡在喉头三十年
返乡时他掏出口琴吹散板
黄土高坡便裂出千万道
会唱碗碗腔的沟壑

另一边，油灯咬穿麻纸的夜晚
母亲把曲谱编进草席
女孩在磨盘练云步
麦子连上月壤
打谷场升起戏台
石磙碾过处，皆是游魂的喝彩

又过很多年，游子和女人扮上那天
梁木炸出《五典坡》的动静——
"梦醒来原是南柯梦，放大声哭奔五更天"
碎砖里蹦出穿靠甲的蟋蟀

又一代青年捡起半片残瓦
见到裂土而出的秦腔魂脉
见到黄土地的风

老琴师搓捻断弦
系上孙儿手腕

人世间的喑哑都是闷雷
要疼穿了心，才肯出声

南霁云

箭叩问弓它的归处
是射向浮屠
还是抽身他顾

弦满时刻
法则、太阳、使命和今古
眼睛界定风的航路

拉弓的是个少年
抑或皓首长须的老主顾
呼吸静止在上弦的月亮

松手瞬间
命运擦出风火
穿向人生由南至北的单向迷途

首阳山透明人

首阳山透明人
隐匿在这世间凡尘
在失语之夜
做着一场黄粱大梦

拥挤于吵闹的囚笼
冒烟的巨轮,沉默的回声
谁能打开
童年的舱门

他拖着一具无形的躯体奋力奔命
身后是异域的大雪
空旷的远路
和捆住时间的缰绳

蜗居的鼹鼠

刨吧,刨
包裹在淡然里刨
往希望和热望里刨
泥土中有安全和构想里的城堡
故事的经纬,在于不抬头

我们都是蜗居的鼹鼠
太阳的颠簸在头顶的大地上起伏
与我们相关,更多的
则与我们无关

真爱不可能被轻藏
假爱亦然

泥马渡江

一匹泥马,沉默着,怀揣江河
身躯,由黏土捏就
却渴望水的拥抱
想着彼岸天际

悍勇还是痴傻
起心动念,死亡就迫在眉梢

蹄下土地,化作波涛领域
涟漪,是勇气
一个壮阔的渡梦传说
传檄至每一条江海

黏土松动,在洪流中解脱
浪在咆哮,既是嘲笑,又是赞歌
无尽残酷浸泡,肢解
壮声激烈

死后站上
站上一座星云铸就的城郭

敦煌始终在风化[1]

敦煌始终在风化
我们褪色的指尖,多少代人
接不住壁画簌簌剥落的金箔

月光斜切入崖壁的刹那,罗幌生尘
飞天的衣袖卷起旋涡
她们没有圆光,不生翅膀
却将整个沙漠吸进,某段失传的乐章

丝绸被画进岩壁,记忆就变成青金石
黑与蓝在暗处渗透。我们悬空
飘带攥着流云编成绳索
垂向那些朝代的井底
井里有乐尊,有守窟人,也有我

从乐尊和尚开始
盗火者
在石壁凿出燃烧的火玫瑰
又被时间凝固

---

[1] 摘自小说《守窟人》

压伏火魔的菱藕就幻化成藻井。莲花
在佛的指尖绽开,那些失重的乐器
便纷纷苏醒,吹奏出
成千上万条经变

每当朝圣者走向窟心
敦煌的伤口就重新撕裂
飞天从中喷涌成蝴蝶,从四披流落
落在人肩上
朝圣者就变成移动的窟,携带
携带璎珞离开

飞天的秘密就在于此
让仰望的人
都成为洞窟本身
都成为记忆本身
琵琶序曲还在更新
被遗忘的经变,是凝固的火种
等待着
被某双眼睛重新点燃
你点燃了哪个
就沉溺在哪间

锈迹[1]

那天我睡着，睡着
就生锈了
锈迹从我的身体发肤溢出

把所有泥沙俱下的世事
都凝结在了表面上

我希望考古学家发现我
从剥离的锈斑中发现故事

很多人的坟墓里
只是衣冠冢

那些羸弱却珍贵的生命谜题
早已漂浮在春天的旷野里

---

[1] 发表于《中国校园文学》

黑石城

我们来到的地方怪石嶙峋
人祖之躯散落大地的残痕
祝桑乡,贡嘎山西北
黑色经石似皮囊枯骨
承受世间的炙烤与风侵

玛尼堆,伫在焦土之上
鸟粪淋头,将怪诞冠冕
仿佛一个错乱的纪元
肉身凡胎推动古老巉岩
一场燎祭
风、鸟、河、岳四方诸神
起伏与沉沦
自我和世界的解译

多少年前
这是一片信仰的荒原

纪张巡

至德二年(757年)十月,十万之众破睢阳,张巡、南霁云率数百疲敝之众,慷慨殉国,前后守城十月之久,后世称:"守一城,撼天下!"

城破
尔踏于人川之上
哑巴却把楼台撼响
桀骜如携电拔芒

余烬飏飏
听数百戍卒叫:
将军在上!

未被铸造的剑

一柄未被铸造过的剑
难以估计它的重量
它是子虚乌有的神话
无法垂鉴的锋芒
持有它的人
多是匪类,或有豺狼
美类不处,是生熊虎
臆想因之成为倚仗

但也有披发飞鬃的英雄人物
穿着方离之衣,号为大人
能自达而不畏惧世人的嘲笑
能开九天云气,激扬八方

他们将剑举起——
燃烧着
久已死亡的一腔孤勇
唤醒那
业已残败的一叶月光

拾荒者跪在碑林

用考古刷小心扫落
鼎上最后一行铭文的浮尘
衣袂飘动,残绢上的洛神
妇好墓的铜爵里
端坐神完气足的鸮尊
沉落的史书,在尊、爵底
是那层锈,洗不净

用龟壳卜辞
又用陨铁锻造兵戈
云梦睡虎地的竹简
某位大人的籍贯已被虫蛀
王朝的瓷器
在窑变中化形出独有的釉色

就这样,在岁月断层里穿梭
勒石铸典,刊石垂范
残章断帛,如获奇珍
长河、星光、风云和梦呓的交错
拾荒者俯身,再附身

更早的时候,记忆的轮廓还在
这些人日后沉沉的脚步都还很轻盈
起落间,逐渐加重

我站在等比例缩小的阿房宫沙盘前
听见檐角响动的铜铃
秦陵里的剑依然威严
剑穗上的结,预言了重逢的可能

拾荒者,跪在碑林
等待被自己撰写的风蚀刻
他们不会变成
史书上的痕

刻下的同时就已遗忘
历史,是露了底的器皿
拓碑人的血渗出《曹全碑》
"庶使学者,式瞻景行"
寒士的冻墨
呵气成冰

北邙

旧时歌舞地
亡人之乡
怪神鼓瑟，花开无常

魂车、挽歌
高祖频登的庙宇
星斗洒落碎银两

素幕绕着祖先的铭旌
匹夫、英雄，原本殊途
却都老于草莽

这条长安路
荒丘、落日，几番兴亡
祭酒捧着宝鼎
逡巡在幻觉的殿堂
千骑万乘
走在北邙

九歌

夏启将九歌偷往人间
夔皮为鼓,毋句作磬
惹出一场欢宴,也扯出五子之乱

人们交祭于天——
以八风、七音、六律、五声
抒发长夜将近的悲欢

从此世上有了动听的旋律
曰黄钟、曰大吕,曰太簇,曰姑洗
高渐离借之击筑,荆轲和而为歌

师旷薰目以绝众虑
将盲眼浸入冰泉
耳朵听到楚师夜渡的橹声
《清徵》在瞳孔里凝成

乐音一响,谏言附琴撞裂玉磬
玄鹤二八集于郎门
翅尖上插着晋平公惊落的冠缨

又有秦王挥剑作《破阵乐》——
舞凡三变，以象战阵之形
五十弦崩裂
笙簧震彻昆仑
"大乐与天地同和"
发扬蹈厉，百里传闻

音律刺穿了人神之壁
堕落的开始升腾
消逝的皆成永恒
文明，有了具体的声音

一柄长枪戳开城墙

我抵达了城门
弓箭手列阵
其势当退
但步行而来的亡魂催促我
用一柄长枪戳开城墙

所剩无几的自由要杀了我们
不喷薄
就等着死亡

你被雷霆击落

你被雷霆击落
在渊底沉没
开始就不做攀附高枝的菟丝、寄生他物的
懦者

你本是共工,怒触不周山的决绝
你本是刑天,猛志固常在的刚勇
你本是荆轲,一去不复还的壮烈

溃败,不逢时作
骤雨携闪电刻下墓志铭
宣告这场陨殁

冰川游走,地火奔涌
腐烂成漆黑膏壤
好的时候,碎片凝成一点琥珀

原本你不是这么想的。
原本你要做盘古,体为江海血为淮渎
原本你要做烛龙,其瞑乃晦其视乃明
原本你要成鲲鹏,水击千里抟摇长空

但你丧落！你消逝！
注定的败亡，亡前一场独秀——

是自刎在乌江，血凝残阳魄惊神鬼
是抱柳在火海，骨化清魂义照汗青
是抚琴在刑场，弦动广陵志凌八荒

亿万朵倔强，在朽坏尽头
把寂静轰成漫天霓光

春刀

夜打个长长的呵欠
城市再次谈起互生互灭的梦幻

歌尽舞绝
安静,将理智从断崖边扯醒
楼顶上,有人抽了柄单刀
将秦汉舞在大地上

再没有悲沉的宿命
浓烈的春天来了

祈年

世间的第一次祈年
要从击土鼓以息老物开始
土鼓是晨钟,震醒鸿蒙

蒙昧时代
殷人尚声,周人尚臭
万舞有奕,公羊祭道
人和泥土相互驯服

姜嫄踩上巨人足迹
生子取名叫弃
她先后把孩子丢在狭窄小巷
荒芜树野和寒冷冰面
牛羊、飞鸟皆来护佑
弃活了下来,成为后稷

天、地、人、神的通译
转头看尘世,几千个春秋

三十六路烟尘

断碑里涌出三十六路马蹄
踏过那些王侯的谥号
月光在矛戈上结霜
戍卒的骨笛沉入河床
萤火,从发朽棺木的血管
逆流回初春
逆流回不入史册的某个清晨

秦汉栈道上的悬棺
与生死家书形成回响
檄文展动,像招魂幡
把阵亡者的年龄钉在十九岁
这是卒子的断章
编纂者将烽烟研成墨
在县志空白处,写下无名
被遮蔽,像烟尘

一盏灯笼弯弯绕绕地走近
没有提灯的人

屈子[1]

屈子既放，仰见浩宇。醒长夜于诸世，凝天光之绮幻，承穹隆之重嘱，演飞虹之异变。扬文吐息，叱咤风云三万里，衔烛照物，悬若日月两千年。其雄姿壮丽，倾轧河汉，峥嵘德音，付波流转。

于时四海茫茫，生民扰攘，飞廉传檄，青袍如草。天生屈子之众，苏世独立，明德治乱，内弼强楚，外绥百蛮，总国祚之真怪，穷河洛之极变。煌煌骋阴阳之御，赫赫振黄钟之铙。

俄尔官拜三闾，仪事榻上，高擎云旆，心无私藏。希鸟展翮，奋举天纲，凤矗鹏飞，岂肯低翔？然自古有幽囚野死，拓者独伤。

洎乎丧乱，霜虐风饕，途穷运蹇，遗恨难消。前有张仪小计，割疆裂土，后有怀王赴盟，客死异乡，纵能束腰着香，修整仪容，不过琼佩为俦，鬼神为伍。

至于倾覆，绝音失伴，贞臣困踬，謇士摧戕。遥闻郢都已破，故国已残，行吟泽畔，流落江潭，仰首问天，忽焉神散，试瞰旧土，魂销梦断。

尔乃纷纭独茂，高轩守寂，自沉汨罗，造托湘、沅。东震大言，西荡昆山，北激冥海，南惊忘川，罹此百难，精魄九迁。

嗟乎，似屈公者，何以长受离殃？除清浊之辨，知音

---

[1] 原稿获屈原文艺奖，全国语文报杯一等奖

垂丧，亦有己身之过。《孟子》云：离娄视千里之远，察秋毫之末，微眇而窥物，瞽以为无明！而公必有三尺青锋，一袭素氅，以羲和为照，扶桑为傍，动则如湛卢离鞘，出而有神，静则似云梦楚泽，大雾迷江。使人仰之不见，望之不透，窥之不破，故嫉其旷远，嗤其癫狂。

我有数念，为公上飨。

念公之志兮，蟠龙蜷身于榛莽，不见其翱翔，然一腔灼灼正气，征星辰兮启华章。念公之寿兮，朝露附临于芳叶，日出而靡散，然一身皎皎之德，隔百代兮跨枯桑。念公之行兮，荷衣兮蕙带，倏而来兮忽而逝。念公之灵兮，释阶兮登天，魂游中道而无杭。念公之高义兮，长太息以掩涕，江流旋旋而哀心凄罔。念公之鸿节兮，沧浪濯缨而风荡荡，驰骋云间兮香满堂。

君子负大道而行，不虑生死！岂夫黄鹄可比，忍尤攘垢夸耀华裳，耻乎驽马并辔，轻薄哂笑音声跳梁。初服既破，长夜乖张，目极千里，春心始伤。

是以鸿飞雪爪，世事靡常，须臾寐寤，片刻神悦，奈何朝升汤谷，暮枕衰床。忽忆少年，去国怀乡，偃蹇待曙，重登明堂。

乱曰：屈子有愁思之曲，五弦之歌，驻游九骇，徙于汗漫。分古今穷通之变，贤愚之别，敕天地雷霆易过，春秋漫漶。乃知世有大人，能玉碎于平野，沉潜乎太渊。

后记：《吊屈原赋》第三版本《屈子》，终稿，修改于2011年10月。

《吊屈原赋》原稿写于2011年6月10日端午。

续典

庠序

泮宫摇铃破愚蒙,庠塾承庥继圣风。
老儒袖底揣星火,童子眉梢挂冻云。
绛帐风抟千卷雪,杏坛日照万言峰。
松烟笔落惊飞鹊,衔去文心上九重。

虎观谈经雷隐隐,悬镜岂为照雕虫。
饥肠欲纳山河秀,瘦骨犹擎读书灯。
莫笑诗成带血泣,且看笔落剑气横。
他年若炼补天石,先淬寒门骨中铜。

鸿蒙

邃古羲皇启元序,轩辕涿鹿奠基渊。
嫘祖缫丝蚕事旺,伶伦制管凤音传。
鲧禹相继疏川渎,皋陶明刑夔正典。
傅说版筑兴殷祚,姜尚溪钓辅圣鸾。

燧人取火察五木,有巢构木居处安。
后稷播谷填仓廪,神农尝草辨苦甘。

仓颉作书天雨粟，大挠干支岁时编。
河洛吐符传重器，龟书龙马纪元年。

天文

夸父逐日穷涯浃，共工倾柱现辰宫。
常羲司月悬冰魄，臾区测纬定璇玑。
唐都分野析辰次，运筹四海正斗仪。
耿寿铸图标荧惑，张衡候气辨盈虚。

甘德观星编宿志，石申察象纂经辞。
周公测晷求圭臬，落下闳推释矩规。
守敬演历穷晷影，光启会通融历原。
太乙循躔窥紫闼，一行演法测躔移。

堪舆

山川脉络辨龙蛇，青乌遗简锁霞烟。
针转栻盘窥紫府，气分金井贯玄沙。
三台暗合北辰位，九曜明悬太乙家。
烛衔幽境通溟涬，郭注葬经隐岁华。

星移斗柄指巽乾，砂飞雉羽落蒹葭。
陶母封茔生梓器，汉皇陵阙走铜车。
阴阳二气浮金椁，子午双峰贯月槎。

欲向灵台参造化,且将玉尺量天涯。

人伦

邹衍谈天论瀛寰,惠施历物析毫端。
尹喜望云识麟迹,老聃函谷吐道根。
伏生授经传经典,相如撰赋惊帝阍。
晏婴狐裘承三让,贾策空陈泣路难。

容成御气调真脉,务光隐介守清寒。
庄叟濠梁悟人欲,列子御风循性欢。
男儿到死心如铁,铸就人伦万仞山。
今持大道作鼎耳,不许沧桑改朱颜。

齐物

庄生齐物喻鹏鷃,漆园蝶翼覆苍垠。
阮籍穷途啼且返,接舆狂语笑还鸣。
子綦隐几虚怀悟,御寇乘风超世心。
同归殊途皆刍狗,知白守黑即凤麟。

昔闻孟敏甑轻破,未顾前行意自悠。
荣华似露须臾散,名利如沤转瞬休。
濠梁问答鱼非我,鼓盆而歌非薄幸。
形骸可寄槐安国,魂魄能栖何有津。

字理

赜隐穷微探玄牝,诂训穷源觅本真。
史籀大篆星河涌,李斯小篆证九寰。
许慎说文诠字奥,刘徽九章演数玄。
蔡伦改纸铺玉楮,毕昇活字印典全。

卫铄笔阵书风变,怀素蕉书墨韵延。
钟繇楷化千钧鼎,羲之行云曲水湾。
蔡邕勒石鸿都赋,程邈隶变革古痕。
崔瑗书论垂文范,索靖月仪章草连。

重器

传国玉玺蕴蓝田,重器威沉护山川。
何尊铭记刻中国,周鼎香焚社稷坛。
博山炉篆接星轨,长信灯辉照雪毡。
错金樽映昆吾月,镂椭云随赤凤旋。

汗青已勒嫖姚剑,藜火重燃定远鞭。
沉沙未蚀鱼肠魄,出匣仍鸣烈士胆。
要唤轩辕重锻甲,横槊赋诗扫狼烟。
铸就昆仑为剑锷,裁取银河作矢弦。

雅乐

周公制礼明伦序,且听万籁入丝桐。
师旷凝神辨宫徵,季札掩涕叹国风。
孔庭三日韶音绕,泗水千年锦瑟蒙。
秦筝漫引关山月,楚筑长悲易水虹。

李凭弦动鱼龙舞,韩娥歌歇星斗融。
子期已逝焦尾裂,清商怨彻广寒宫。
但恐天钧摧玉柱,犹闻帝女泣竹丛。
浮生暂寄钧天梦,一奏瑶章四海同。

金石

石鼓文传丞相祠,金縢字蚀武丁碑。
汉阙风摧铭劲骨,唐陵雨剥肃宗辞。
昌硕刀耕石田雨,完白蟠螭透残圭。
欧阳险笔崩崖势,澄心拓片横翠微。

北魏云冈凿窟洞,斧刻雷文隐佛墟。
冰蚕吐丝缠瓦当,铜狄摩挲识字龟。
夜半山鬼哭断碣,秦台镜裂双龙尾。
郭香察书考轶事,载笔金銮不可窥。

赓续

穹庐倒扣星作蚁,坤舆横陈山为棋。
自古英雄折天柱,地维绝处圣道滋。
少年仗剑凌苍昊,俊采挥毫赋锦诗。
风檐展卷才情见,月牖披襟意气持。

浮槎贯斗探牛渚,斫桂为舟渡海烟。
屈子问天呵壁字,谪仙醉墨题伟辞。
金简玉书蝌蚪字,银钩铁画叠幽思。
莫道青编皆旧事,今朝续典待后师。

2017年5月20日于梆子井公寓,未完

辑·陆　雪与空城

你跳下车,拍拍我的脸说:
「冬眠的家伙!
雪里已长出花朵」

雪与空城

我把所有勇气撒进世间每一片海
自此后,飘风暮雨中,都有我的气息
——可这是多么浮夸又潛妄的愿景
逐幻为食的人,何妨再赊他们一些
风干的回忆
我记得你也仅是在童年时踩过一抹涂满蜃景的
沙岸
那是不懂事又不作数的年纪

此刻。我横陈于砧板,是一把蛀空脏腑的老琴
不是焦尾——
没有火中救出良木的传奇
所以挪动我的人把我扔来扔去

莽夫揽下这份差
要拆掉我陆离的臆想,用斧斤,用刀具
他们肢解我的身体,像肢解冻僵的鱼
琴腹剖开,陈年的松香与叹息
乐师们捂着口鼻路过
谈论着涨价的房租与明天的雨
他们压根不在意这些古音节,和遗落在巷陌里的

所有寂寞

哦，对了
我们常走的那个石桥
被初生的太阳照断了
阳光烫化了沥青
誓言碎作
一场大雪和半座空城

哦，对了
在成为烧火棍之前
我反复地想起你
我曾凝视过你的眼睛
里面有一片碎裂的冰原

哦，对了
请来看我一眼吧
请把海平面也牵走吧
请你……

雪起于席卷 ①

雪起于席卷
整个世界都被它拖慢

人流彷徨于寒意之间
路上有一道白的分野
是高祖斩蛇的剑

未卜先知的旧梦
响彻彷徨的风雷
石壁倾坏,江河倒转
残垣之中镶嵌狐狸的低语

我瞪大眼睛看你
看你做什么
你在我的梦里走来走去
把所有的云都掀起

把那闪着光的秘密
都隐去

---

① 发表于《诗刊》,入选《青年诗歌年鉴2022卷》

来不及抽芽的亲吻

我们围读着磷火写就的启示录
用炭炉解冻雪
四目相对
干净头发上落定的白
垒砌成六边形的教堂

每一粒冰晶都在播放,去年心跳的
全息投影
那时,雪橇切开,十二月的冰河
勇气抵着肺
狐狸在极光里偷走,我们说不尽的
定语。
那些结伴的时刻

后来,空气有点重了
斧子在树桩的心脏处停步
剖开浪漫同心圆的谎言
那些被童话腌制过的爱情标本
跌出松脂。琥珀里
凝固着二十三种雪花的死亡形态

她有些沉默了
不动声色地叹息着，继而伸出手

我从而听见冰层下
有人用旗语，重写婚誓
挥臂振出
杀不死的密码
爱，以冰裂、以脚步为发端
向极地扩散
雪，落满整个北边

大海在封冻
但这个冬季有逆行的诺亚方舟
从她的眼神中驶出
载着那些，来不及抽芽的亲吻

春天的列车[1]

这世上有一辆通往春天的列车
我坚信你我是车上的乘客
风中,我追着车跑
对着日出和日落

你隔着车窗,见风托着我
眼睛里的星辰
反复黯然、闪躲

我意识到我追不上车
于是睡着在风里
你跳下车,拍拍我的脸说:
"冬眠的家伙!
雪里已长出花朵"

---

[1] 发表于《青年诗人》

天地流浪

屋顶上陪她那些云朵,迷了路
天空上流浪的孩子
与地上流浪的孩子
撞在了一起

怔了怔
都又怔了怔

摇散银河

大同小异的风筝

一个调子拎着你的琴
夜灯将你高高抛起
风拎着你的旅程
满地熙熙攘攘的梦

世上所有好故事
自诞辰之日起
皆有个大致的终局
它们在地上行走
夺人眼目，满身尘絮

你我在旷野中打滑
穿过花海，要去何处寄居
一无所有的尘土
落魄中坠地

都是些漂泊的人
都是些大同小异的风筝

稗草游魂 [1]

在田野边缘,静静活着
不能与五谷争荣
不敢与世界抗辩
角落中的角落
配角里的配角

恢弘、誓言、舆驾、鸾车
统统不相干
只有行不休也的芸芸游魂
栖于此间

不名之地,不名之物
马蹄踏过的一瞬
也曾仰头张膀
目睹旌旗招展的时刻

在白天被锄去
在夜里长出来
蜷缩在太阳背面

---

[1] 发表于《青年诗人》

假装不喜欢光

怎么能做到不羡慕,不嫉妒
不羡慕稻子金黄
不嫉妒麦穗丰满
无畏做主人一样的留守者
骄傲、生猛、执着
偶遇落魄
也能告诉他,留下并非输阵
风会刮过每个关不住的旷野

"马群再次踏过我
我会毅然裹向马蹄
从旁掠阵"

褪色

我的前额被笔锋轻点
定住了,一毛笔的微毫
几簇诗焰
画轴里留白的情笺
一汪不见深浅的砚池边

是时间在褪色吧
不是我的毛边纸
不是我的手写信
也不是亲手戴在你脖子上的项链

庭中植了那株名为唤春的桃树
落英不时落入你的发间
沾湿你伶仃的鞋面
我转头把对你的回忆写在了云上
飞上天空,就能看见

没有网络的日子,我们也能相爱

等等我,拆除了语言的门楣
用吻挽留一线秋波

雨会停在半空

成为两具身躯透明的门

我们用体温焐热时针

抵挡衰落和疼痛

藏

她竟落泪,一落
决心便摇摇欲坠

像水滴的偏移
将南半球的雨季变成北半球的风暴
帆都被锁死,万物一同沉醉

我折身压住衣角,把眷恋和跟随的脚步藏好
对她说,踏进风里
时间已不早

五台山大圣竹林寺观雨

一角飞檐扭断了雨的行路
斗箕下探出头来,那里站着
一个老僧
一个老僧,素色旧袈裟,望着
人间这点余兴

枯手伸出,延展,合上
我推想他是否攥住了一线安宁

聋哑参半的瓦当在大水中升堂
喊堂叫罢
未来滚滚滴落

我盘算着抽屉里锁着的三两闲暇
掂量一二
忧虑那可能是存在于假银行的坏账本

目睹了这场飘零,听过抖擞的洗礼声
人生会不会分叉
会不会有新的身份

失乐园

她说起自己的童年
惧怕回声的纠缠
破旧的竹马
转身听不到笑声

缩略,缩略成一座监牢
一条裂隙从地核蔓延至地表
其余皆是伪装

灰玛瑙修道院

誓言中的感情,被一颗灰玛瑙蛊惑
他俩穿梭于斑鸠与傲慢的漩涡之间
像断层割裂空间,划分出两个世界

铁丝网,东西德的高墙
绿色杯子里男婴的啼哭
烫金的海誓山盟

此刻,我只是一个迷茫过客
在深处的画框里
和自我相互审视

徘徊在枯河之畔

我突然感到霰弹枪的威慑
荒芜的河床,伫立另一个世界的修道院

破房子

皲裂的木门已被锁起,里面锁着
经年累月的欢声笑语
我进不去

三年后再来,木门也已不在
只剩裸露的荒墟

就像那些焚毁的大殿
付之一炬的庙宇
天尊与诸佛坐在里头,都夷为平地
——把穹顶凿穿,头颅砸烂
算是涓埃功绩
何况那些个熏黑的灶台
寻常的宅第

不过是桃花扇
遗留角落里
某一天哭,或许不是为了破旧的房子

没有恒久的房子
没有恒久的家
万古如昨日

晚晴

暮鼓敲,鹿鸣呦呦
停顿的间隙
安静会把一个人从墨夜唤醒
从来,吵闹唤不醒睡着的人

不追汽车的日子
鱼儿浮出水面
我见到它们忽远忽近
景太淡了,火太暗了
想念的人,已不多了

我们的小城

我的小城与你的小城
都搬迁了
庄稼长势喜人
盖住了相望的眼睛

白焰[1]

大雪如鱼游落人间
银鳞摆弄着风
横切寂静的夜晚

天地被撑作一个空心壳
白色焰尾，越过枝蔓
被追逐、被诱捕
在层楼屋宇之间

人在雪中，显得格外渺小
滑行在城市的海底
插着尾翼、风帆

我听见了白焰的声音
细碎，知觉
在寒冷世界唤醒我
如今，满城的霓虹都被寂寞陪伴

---

[1] 发表于《黄河文学》

流火[1]

金色的光辉像流火铺过来
有人踩着水荷似的鞋子
背后是云天和白塔
撑篙之人笑道
座子不够了……

---

[1] 摘自长篇小说《无杭》

戏里戏外

人就是这样,戏里是挚爱
戏外就没了线索

没有了锣鼓、板眼、行腔和帔靠
卸去身段、妆容、水袖和台步
生活里的台词,比舞台上自然
也就更加难辨真假

唉,要说是惊鸿回雪之姿
瑶池秋月之态
弃我而去,也是匆匆且寻常

毛羽未成

毛羽未成，不可以高蜚
尽管心已飞远
肉体依旧在痼疾中挣扎
土入洪流，化作一滩泥浆

一只惊翅疾飞的鸟撞上玻璃

一只惊翅疾飞的鸟撞上玻璃
透明世界里藏满透明的荆棘
喜宴上的人群
渐渐失去踪迹

也有如鸟的人,曲臂当枕
看不见这世间的铜墙铁壁——
他们登上异域火车
在通往月亮的冬夜
背井远役

这只惊翅疾飞的鸟撞上玻璃
生命的余光在天青水碧间仓促离席
它歪着脑袋,喘着气
在我手心诉说它的经历

它说:翅膀是一种所求
是张开的神迹
三角的爪子,也曾踏过新泥
临死我要腾起于高空啊
借我的眼睛给你

那眼睛
见过头破血流的争权攘利
见过话不投机的刁天决地
见过门庭如市的五陵豪气
见过扶危济困的仗节死义
多有些谎言、游戏
好在不都是谎言、游戏

我擦了擦这面光洁通天的玻璃
谁能勘破虚妄
预知命运的终局

跟影子玩耍的少年[1]

为了见到你啊
我把自己打散成漫天星辰
铺满宇宙空间
银河万顷，只是我望向你的眼睛

有这些想法的我
停驻在过去的时间
还是那个
跟影子玩耍的少年

可等我停下来
已翻找不出
那时桌兜里的信章

---

[1] 发表于《读者》

我们陆沉的沙堡

一：

沙子来讨要它被筑成城堡的领地了
水是先锋官
射出的箭矢没过脚背
冰冷想让我们后退了

一列护城的墙,迤逦,高昂
看着坚强
与紧抿着嘴唇的守护者相邻
即与我们沉默相邻

触礁,碰撞
漫过城墙的沙流,横推了一列房

此刻退却不可避免
登陆檄文,吹到了我们脸上
没有垒完的承诺
在告急
告急的何止沙堡
还有整座陆沉的

年少时区

二：

你堆的东墙刚补上缺口
我垒的西角又裂开几行
你说城堡还能再抢救
可水痕爬得比心跳快
浪头咬住脚踝
穿过我们蜷起的手指

等待沙塔揉成散金的一刻
我们数着步子后退

现在潮水已涨到膝盖
手只能接住咸风和记忆
我们中间，长出新的海岸线

辑·柒

清醒楚门

我在星辰与陆地间往返
所有美梦都围绕一个离去的人
世间所有的枯槁，都在奔跑

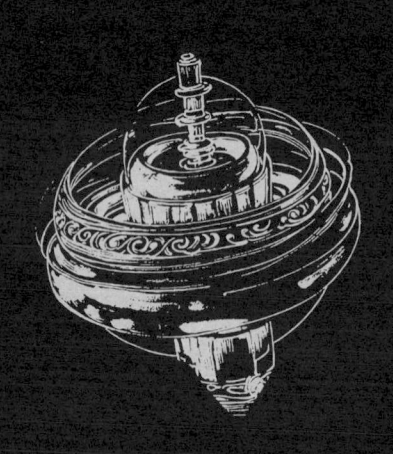

清醒楚门

我从未见过蒸汽漫天带动火车横跃山岭
据说那是一场容不下残兵败将的革命

如今,又一场看不见的风暴已然降临
人们因之活在虚拟中
机器代替画笔跟纸张
掀起真实世界的大雾与狂风

白昼中比萨塔已斜至刀尖
尘嚣顺着塔身攀爬
马上要倒了
但失衡不影响矗立
倾坯中新的灵要被扶正

临界:在前与后的窄脊
左手握紧热烈,右手触摸荒滩
未来在塔尖遥指
一切皆由人驱动但不由人主宰

世上将诞生无数清醒的楚门
一个全新的我将借由硅基身体向自己发问——

欢迎来到人间
你是否舟车劳顿

风死后 [1]

风死后
鸽子会飞向何方?

开始,没人意识到这个问题
在广阔空域
翅膀绘制出新的航线

云成为代替罗盘
据说即使生锈
仍能指明南北

事态总是漫不经心,潜移默化
它们群体失忆——
忘了风活着时起落的轻盈
中央广场欢歌笑语
万物在变化中不变

少有人看出
新世界已全然陌生

---

[1] 发表于《青年诗人》

没了指路的花粉
影子手舞足蹈
细瞧之下
竟无一个真身

去往酆都的路

我考虑到路途
于是俯下身来,听——
黑夜已人格化
亡魂在原野上逃遁

那些走在前面的
垂头不语
那些走在后面的
发出无意义的连声

去往酆都的人畜串成线——
就这样茫茫然走
谁还能指认
谁是谁的父亲

我将跟随谁的向导迈步前行
瞧,这样行走的人众
日光照不出
他们惊惑的神情

离魂旁观[1]

列国
半明半灭的凝冰子
内外洞彻

摘下了英雄腰牌
鞋履,连同衣钵
尽数付之一炬
聚敛柴薪,登遐

黑色的准绳
拴住每个入睡和死亡的人
没有迷宫
没有幽灵

明天是否被虚构
可疑的阴影
赞美着感知不到的荣誉
与主义

---

[1] 发表于《青年诗人》

美丽新世界

今天的晨光,被智能窗帘筛选过
没有紫外线,也没有对皮肤不好的物质
镜子自动走过来
让我看自己煞白的脸
一张动人的没有沧桑的假面

昨夜的梦境偏离了健康指数
AI 管家给我开出罚单
床头的电脑屏幕上
空白文档正在自动繁殖
基于人类喜好的爆款文章
第三次认知迭代已然完成
他能字斟句酌伪造"人"的情感
成为作家的替身

但今天的我跟昨天不一样
我梦到一颗童年的玻璃珠
在1999年
被扫地机绕过
如同绕过童年的地雷
我趴在床底捡到它,人就有了弹性

我起身,虚拟伴侣已坐在餐桌旁
用早餐数据合成俳句
只要我张嘴,她会喂我吃饭

当她搭载的写诗功能第 N 次将月光
编译的花里胡哨
我低头在碎屏手机里翻找
一串拒绝修复的乱码
那是十六岁那年
北斗七星坠落的断章

多少年了,我记不清
人类,集体下载了灵魂补丁
如今,正在覆盖最后一块区域
那些未被析解的原始梦境
唯一一块自留地

1999年的蝉鸣,终于丢了
还有备份文件里缺失的
那一页页手写作文

美丽新世界来了
不必过分喜悦
也不必惊慌

虚幻世界的修订本

虚幻世界的修订本
勤勤恳恳凿刻面痕
撰稿的是一双无名之手
十一根手指
多出一根,要终结造物
重启九枚铜币的悖论

存在,不需署名
没有父母,就生出儿女
没有消逝,就迎来新生
时间转向另一面
螺旋上升长廊
尾巴指向双鱼星

星际跳蚤

一群星际跳蚤侵袭月球
掀起邪风和秽霾,高擎傲慢的幡幢
纤微肢节撼动穹宇
膨胀的欲望,是膨胀的恶疾

从地球启航的自卫编队
从银白出发
半途诡谲地调转炮口
黑色锁链捆绑
同化了远征的旌旗

一些涓流的野心
没走多远就化作权力的巨浪
邪祟在驱使它的走卒
卑鄙不舍昼夜的蛊惑信徒

秃鹫们在星轨旁静候
坐在沙发里
随手撕碎平等的锦帛
银河中良知的悬崖边
暗物质

簇拥心怀霸图的影
接二连三有身形跳入黑暗
连同棺椁与随葬都是假的

力量都给了虚荣之念的苗裔
灵魂中难愈的疮痍

凿空

墨水瓶冻僵在三点十分
守夜人的睫毛已冰冻
睁着眼睛却像坠入深井
每一次眨眼
都在寻找视网膜背面淤积的星空

方圆百米已为我静音
某座无名碑正用阴影,吞咽
整个广场的积雪
被绞死的对白,开口无声
断笔就悬在风暴里
等待雷的临近
只有纸在生长——

无数个锁孔,落笔在哪里
笔尖就在哪里凿开新的门洞
像张骞通西域一样

死而复生的文字,还压在舌根
等待像周而复始的摆钟
钟声一响,一声断喝

脑海中就传来第一声龟裂
沉寂的标点都会高高跃起
在空白处凿出
星群迁徙的甬道

剑与布

锟铻之剑，火浣之布
是为共生的双璧

剑是雷公锻造的哑巴少年
一寸寒光，赤练如血
是决断，是勇气
锋芒所指，玉碎如泥

布是黄婆织作的缫丝少女
火中涅槃，垢净分明
是净化，是重生
出火而振，雪白无瑕

他们长大
就成父，成母
剑的暴力螺旋割开历史向前跃迈
布的治愈螺旋总在缝合伤口
——是战神尼努尔塔"撕裂黑暗如割开羊皮"
是女神伊南娜的天衣包裹新生

信与疑，真与假

破坏至重建的动态平衡
落石抑或枯叶的因果
真理是沙蚕
喜欢钻进黄沙掩映的树洞
向下扎根
走向更深处

危墙

四方合拢的危墙
令人沉溺得相当
一线不透光的天窗
星斗难入的殿堂

扯碎了每一个梦
剪断了每一条路
生命最后的余光
装进最后一匹布

买一模一样的花
迈大致相同的步
忘记熟悉已久的声音
麻木黑夜深处的孤独

嘿,有永恒的爱吗?
有不灭的灯吗?
有不褪色的夕阳吗?
有满是海水的沙漠吗?

撞憧憬

飞蛾撞憧憬
些许聪慧、稍微幸运的一伙
变成流萤灯
更为顺遂的化作风筝
向上，本能触摸着天的边际

贫贱、锦绣、一撮阳光误入阴影
群岛高升，露出海的私处
浩瀚背后沟壑纵横

风筝斩断与树的牵连
要于浩渺长空中飘行

线条追出画框

画布在熄灭
从明到暗
像暮色反方向扩张
旧码头启程,荒芜也令我惆怅

颜料层层堆叠,寻觅避风港
线条拍马追出画框
我不再缝补断线
也不再靠近你
只站在三步之外,遥遥挥手

无琴的楼阁,薄霭
途经悠悠摇曳的暮色
我判定其余灯塔,附着诸象
孤寂之外,还催发迷茫

来时足印

谁足够幸运
能在老树前道别
能在古道上重逢

破碎、交融、消散、鲸吞
空空如也的身后
已无来时的足印

群相转动[1]

群相转动
所有意义扑灭成烟
像是浩劫

---

[1] 摘自小说《无杭》

电子花海

一片电子花海绚烂绽放
虚拟情感是盛极的权贵
撕扯影子
匮乏酿造的酒,是童话之外
更让人旋转的秘方

我们用键盘接吻
心灵慰藉
白色奇迹上留痕

饥荒

饥荒来了
人人都饥不择食

烟断火绝的时代
没有多桅杆的船
载人往爱情的海

这座城市
未来与末日相约而至
海在倾倒
云在尖叫

我在星辰与陆地间往返
所有美梦都围绕一个离去的人
世间所有的枯槁
都在奔跑

苹果与起始

没有谁说得清
第一颗苹果是怎样来到这个世界
天地初判，芜杂的大地上
只写着两个字——"起始"
随即，来了一只苹果
置于其上

苹果张目，见到一双上扬的手
两张不知所谓的脸
蛇游近，陪着笑吐出谜语
弧形的命运开始转动
苹果不知自己叫什么——
却预感到自己会有很多名字
它以诱人的身姿，变成原罪与知廉耻
人类自此失去纯真
一个新的世界因此、由此诞生

后来，它砸进牛顿的脑袋，撬开启示录的一角
成为终极之问的发端
真理从此倾斜，方程在果肉里孕化
再后来，它进入我的口

让我知晓了很多事,但仍然不知道:
在起始与坠落之间
究竟还悬着多少颗
用引力雕刻的、悬而未答的故事

无效怜悯

对于这个世界
我总发出一些无效怜悯

如同梁惠王之于眼前的牛羊
不可废衅钟
则以羊易牛
羊何辜？

这是一个困惑。
就像，我的钩尖总挂着伪善的催命符
在垂钓间隙为鱼祈祷
祷词在网中绞杀碎鳞

无罪就死地的
不过是那些偏远角落
不为我所知的
无名

句号不应出现在旗帜上

呆板的终止符——
句号不应出现在旗帜上

旗帜,是飘扬
是义无反顾的铮鸣
是破折号,是方向的延长
是惊叹号,是内心是激昂
是分号,划分勇者段落
是引号,框定荣誉脊梁
也可以是省略号,蕴含无限可能
和未来的种种想象
甚至可以是顿号,瞬息沉潜
蕴蓄毁天灭地的力量

旗帜,要在铁砧淬火的间隙
打下一枚嵌入黎明的铆钉
浸的是刑天断颈处凝固的血
纵然以乳为目,以脐为口
仍要屹立,绝不颓丧
更不是灭亡

知远游

桃花挣破天条
我在寸寸返青

清早,我锁好房门
抱口大瓮走向东海
瓮底沉着禹王的测海神针

岸边,渔父收网
将船泊进陶渊明的眼睛

他显然是故意的

遗落了桨
武陵人的鞋
桃花源走失的脚印

屠纸

我涂了一张心爱的羊皮纸
画上自由的草木
船身吃水，鲨群游弋
不朽的长帆依言而立
世界与我在港口相遇

但当我再度凝视它
一切因缘皆成蜃景
风浪已死，金钟自鸣
远航的大桅已跪倒
芦苇也听不见无言的旋律

我屠了这张心爱的纸
转身睡去

海病

日月暗沉,黑夜扩张
你病得神憎鬼厌
你妄将海水变作
涂满颜料的坟场

黄钟毁弃,明偷暗抢
你丑得天怒人怨
你真把自己看成
无爹无娘的魍魉

嘿,你不过是那难污的
粪土之墙
只认衣冠
不见肺腑的坏心肠
且看你如何,巧舌如簧

嘿,你不过是那难污的
粪土之墙
无头邪祟
皮空肚烂的野豺狼
且看你如何,得志猖狂

眼前道路无经纬
皮里春秋空黑黄
近狎邪僻，蒙蔽月光
且听你如何，巧舌如簧
且看你如何，得志猖狂

一个人的黎明

她深知自己并非超脱之人
不是那孤立的独角兽
在这贫瘠时光,理想如旱地干裂
缄默是沙漠

一束曙光
从窗棂渗漏
而她一个人的黎明
将至未至

她也清楚自己不是特别的那个
不是阳台那只总准点起飞的白鸽
稿纸吞下没有写完的句点
五点钟的月光开始滑坡

光斑位移了,又是一夜
半杯凉掉的咖啡表面
浮着未完成决定的泡沫
黎明一直在加载
在缓冲带
在已读不回的对话框

坐拥城邦

简单,有悖他的素养
张口吟唱,六合八荒的辞藻
我要一滴水,他点起一炉香
涸辙之鱼,要等一座求雨的祭坛

蓝图铺张
从盘古开天,讲到蜗牛踱步的千年步道
依循楼台亭榭固有之格局
一方砖的烧制,理应与万里长城相当
秦琼鬻马,困于手续的迷宫
夸父逐日,套着圈奔波苦劳
空中楼阁,长桥卧波
都是阿房宫遗落的浮标

伍子胥轻舟渡川
要先填三十页安全评估表
你说危在旦夕。但蜿蜒的墨迹
还囚在空白的纸上孤岛
此刻,我无法证明自己是自己
于是寒蝉若噤。而他手握权柄
本来什么都没有,但仿佛坐拥一座城邦

镜子国度

我闯进镜子的世界
一出惊魂不定的哑剧
月亮变成蓝色锅盔
被银色老鼠啃噬
触手缠绕魔方
转动无垠的拼图大地

山川错位，积木重组
眼睛化作两颗燃烧火星
砸向古老故国的飞鸟
闪电形状是糖果和透明的鱼
与冰冷石头交谈
鳞片闪烁着

坐在一辆用音符做成的火车上
轨道是曲折光线
通向人生不知名的隘口

镜子里跑走另一个我
拨动时钟回到起点
如果认定镜中人是虚假的倒影

请小心身后正在雾化的实体

不出所料
他把过去和未来系成一个蝴蝶结
戴在手腕上
而我,困在了镜子里

我原本所图甚大

我原本躲在一座名叫韬光养晦的暗室,所图甚大
但忽然听人叫:AI 来了
继而千万人叫:AI 的时代来了。
我随之探头。外面烽火狼烟
瞬间将我吞入一个巨大的沙瓶
浑身动弹不得,悬停在颈口
身子埋葬在瓶中的沙地里,只露出头

算法,一种无形而有质的侵蚀者
吞噬我培植三十年的修辞花园
用概率浇灌,无法预测的变量
用集成线路,用二进制
把隐喻都变成了,可调的参数
技术已在重塑叙事的基因池
新生出的十四行诗
坐身在人类数千年平仄的
骸骨之上

AI 写起了悼亡辞
人的哀伤,是否还真实可信

过去那些意象的种子长成的诗节
破开心跳的振幅才偶尔萌发的一丝
令人战栗的情感
都被肢离了。
包括——
我眼角析出的湿漉漉的，你的倒影

意义的死去前仆后继

二十岁的手稿里
藏着我偷渡给未来的全部密语

辑·捌

风马霓裳

我睡了一个四季做了这场大梦梦里，所有在与不在的人都要闯幸福的空门

幸福的空门

梦童打瞌睡,掀翻了月石边的梦兜子
等师父过来,已蹀足不及
梦雾梦雨梦萤梦蛊四处乱飞

春天,我在梦里敲一家猎户的旧柴扉
等到猎户星出来狩猎
依旧门如铁筑

夏天,我听到梦谣就跟着跳进梦姑的花篮
闻到了香气
荡荡然不觉天地之存

秋天,我在梦雾小溪里帮一个小童捞星
他哭泣连天
梦斧在深谷里长鸣

冬天,我在迟暮的冷气中见证
穿梦靴的人在梦潭滑冰
雾径因追着梦蛊的足音
陷入灵鹿的紫瞳

我睡了一个四季
做了这场大梦
梦里，所有在与不在的人
都要闯幸福的空门

十七岁逃课

十七岁,我偶尔逃课
在天地之间平躺
是一颗逃离轨道的流星

一串串风铃
透过一堵漏风的墙

诗的钓钩垂下来
争分夺秒,钩我向上
七色彩虹
将我甩出我的国界

如今我从不逃课
怕发现即使逃课,也写不出什么

恰似

恰似
我在用网捕风
恰似
我无法带你返航

这下,我无法带你返航了
海螺的空壳
载着洋流的阵响

航海日记——我自银河坠落[1]

一：海醒了

我们是踏着黎明出发的
光从遥远的地方大踏步走来,像是跳舞
海面渐渐地醒了
缥缈的曲调从天上垂落,音声薄如蝉翼
我们循声划桨
船离岸,风很急
天涯路远,未来有期

二：广寒宫

某一晚,海面光滑得如同珠玉
弧形云朵遮住月亮,一丝一缕
我们立在甲板上听浪声
哗啦哗啦……像海的吐息
不知不觉地,音声消寂
你问是海睡死了吗?
我看懂了你的口型,但没听到你的言语

---

[1] 摘自小说《亿兆星空中浅眠》

这时你看到一棵树，站在天边的水里
银光驮着云，如广寒宫一般静谧

三：同行飞鱼

翌日，你问我去哪里？
我说去树的那里
彼时天边空空如也，唯有万顷波涛孤独游弋
渐渐地，水里长出了飞鱼
它们出双入对地交谈着，似乎都来自城里
有的挎着编织的篮子，篮中闪着珍珠似的秘密
有的背着一截彩虹，与同行之鱼交易
在一片珊瑚海，你捡到一把拇指大的箫

四：浪的强盗

我们又远行好久，未再见那棵银光四溢的树
途中遇到浪的强盗
不由分说抢走了船上所有果腹的东西
随即饥寒交迫，长恨不易
时有白浪拍着帆，倾覆只在毫厘
我们问那些飞鱼，愿不愿意牺牲一下自己
飞鱼冲我们吐口水，都表示它们不愿意

我训它们说你们既然都已是文明的鱼
舍己为人的觉悟怎么还这么低
我甚至都抽出了《礼记》，不料它们还是
不愿意

五：玄武

我正想学介之推的时候
看见一只巨大的玄武两脚点水靠在石头上抽烟
其脑袋一伸一缩，烟圈一吞一吐，相当惬意
它背靠的石头也浮在水面上
周边还有零散的果木与花树
树上结着七彩的果子和晶莹的露珠，一看
就知这是玄武的辖地
我刚要作揖乞食，你抢先开口叫它"王八大哥"
错失了良机
饥饿没令我目眩神移，你却令我呆若木鸡
船翻的时候，我看出你眼里的不可思议。

六：耳朵冒出彩虹

那是块不可思议的领域
人行于水面上，就像走在陆地

玄武拂袖入水时，卷走了大部分果树和我们的桨
还好，这是海上，多的是漏网之鱼
我们小心翼翼在水面踱步
向下望，水深千万丈
有亘古的神话游离
王座的故主，海的神谕，潮汐的领班
裹着珊瑚的金，珊瑚的银
身倚海葵御座，吞吐大洋之息
你跳着脚，捡起那些散落的七彩果
入口
耳朵里就冒出了彩虹
你问这是为什么？我猜这是在梦域

七：风的形状

大风啊，不可止息
风的形状像一座云霄巨塔横立
它屡屡插入浪的罅隙
扑面而来的风雪雕刻出纹理
如同凛冬骤至，不可预期
我说这海怕是要冻住了，咱们要不要折回去
回头望，玄武还在仰着头吐烟圈
可一眨眼，浪化在风里

无天也无地

八：星辰老瞽

星辰上伛偻着一个瞎子
拄着根拐杖，伸手摸摸索索往前指
我起初怀疑是甲板的寒冷催生了幻觉
可见到同样的景象也在你的眼里
星辰悬在头顶，浮云挂在风筝上
那人就弓着身子叹息
我再次并排躺在你身侧
你问："那弓身的，是个虾吗？"
我说："是瞎！"

九：十里瀛洲

没在海上冻死，多亏了视力和厚脸皮
我们摒弃了唐长老终已不顾的决然
毅然折返三千里，求那只玄武施舍点吃的东西
给它搓了三天背，点了七天烟
熏得面黄肌瘦，浑身龟毛，它才动了恻隐
它只是诧异，既已到风尘之地
为何不往再走个十里，去前面的瀛洲

喝点琼浆充饥
你说不知道路，只见个虾米站在星辰里
我纠正你说那是个瞎子，不是虾米
接着玄武告诉我们
那既非瞎子，更非虾米
那是指路的启明星，请爱护视力

十：启明星

再见启明星的时候，彷徨凝成雾气
这回我们看清了，那果真不是虾米
时光碎成颗粒，他就站在星辰里
飞扬的云袖
宽大的法衣
寂寞在他的帽子上交替

十一：风马霓裳

悬星灯的布船被众人用丝线牵出云海
发梢系金铃的巫女绕着星坛
佩琉璃长笛的乐师等在一侧
后方云柱处有祭礼
星童围着占星师颂唱

祭歌与星波同起

巫女将星晶嵌入布船的星槽

众灵伸手扯紧丝线，依循星令牵船归航

船于幽微处深潜

星波又像一群灵鲲游入了星渊

我们跟着捧星贡的星使

穿过了瀛洲，飞渡至剡溪

风化成的万马披着霓裳羽衣

后面跟个戴官帽的猴子滚在云里

从夜到日，虹桥长架

直入不知处的地方

桥下一双草鞋

那是谢公之屐

十二：上就是下

青云之梯的底端，一展竹席

我们跳上了长梯，望天上登

可登到一半时仰头看，却发现头顶早成一片水域

而向下望，之前的大海却成一片隔着水的陆地

海像万顷水晶薄薄地悬在那里

小小人行在遥远的水底

他们步履匆匆

一面焚烧旧日的情谊
一面寻觅新鲜的意义

十三：的卢过隙

青梯之上，是云建成的海，或者说，是空空水域
鲸撵着鱼群东游西荡，水草在珊瑚上生根
稀世的车轮在转动，怪诞的精怪捧着青铜
你又见一匹的卢白驹过隙
你问我是不是有个故事叫跃马剡溪
我说有，但那叫跃马檀溪

十四：海螺姑娘

弃船登梯后，不能一直游在水里
珊瑚被我们做成一尾新船，这船会呼吸
巴掌大的海螺姑娘和海蚌公子
每天从船舷溜达到船梆上
说着听不懂的言语，陪我们看日出
我对海螺姑娘没有意见，
但对海蚌公子不造珍珠的惰性不可思议
在一个夜晚，我决定找他谈谈
却见到星辉下，海螺姑娘迎风吹笙

远处有楼台倾覆,天门洞开

十五:萧史弄玉

我把捡来的珊瑚箫交给海蚌公子时
音声传了一万里,银河掉了下来
彼时律吕调阳,露结为霜
一只五色飞鸟接走了他们
你问那是锦鸡吗
我说,那是凤凰
你觉得离奇
我说没什么离奇
因为公子叫萧史
姑娘叫弄玉

十六:风暴之眼

忽然间,雕栏画栋剧烈地摇
风幕作威作福,风手抓住古钟楼的边角
扯碎成网,兜住风暴
人的身形异于往昔
处处都成泽国、乱土
外出的都成夜叉、疯魔

战鼓擒着雷霆

扑向城啊，撞楼台啊

黑魆魆大口吞天

像是生活从没警报

你问我们去哪里才安全

我说，要去那风暴的眼

十七：都广之境

风过了，巨大的冰轮冉冉升起

嗡鸣声贯彻方圆百里

我们惊醒，惊讶地看着冰轮蹭上天际

海被照得银子一样

大片的田野出现在轮盘上

萤火虫擎着

金灿灿的火把飘成长带

交织啊，翻滚啊，照亮田埂里赤脚的小童

他们排着队提着木桶，桶中飘出异常的酒香

其中一童子一个趔趄没走稳当，洒出半桶来

瞬间成雨，淅淅沥沥泼在船上

珊瑚醉的东摇西晃，我们也一样

十八：何有之乡

再次醒来时，世界颠倒了过来
珊瑚船环绕在上方，而我们头朝下
在一棵巨树周围飘荡
音声再次消寂，你冲我说话
口中吐着云彩，但我听不到任何声响
万物如此的安静，众生如此的安详
我牵着你的手
猜测这是都广之境
无何有之乡

不日远行

不日之间,我又将远行
前路耀眼的车灯
穿过人海从未来照向我

我尚未动身
尘嚣与气流已在耳廓里大声吵嚷
躁动的雷霆卷起腥风
震耳欲聋的念诵:前程,前程——

我分不清这是热爱世界还是无效劳神
来去都匆匆
脉动的浮萍,乱跑的风滚草
扎不下深沉的根

什么人能像庄子
行无用之用
给生活打上一连串的休止符
不去细数那些聚散的长夜
不去讥笑被时代碾碎的灵魂

只是做着鬼脸斩杀段段虚荣

只是无用绝非空洞

天空,被视作柔软的被子
大地,被视作广阔的床

空心冰山

不记得耗费了多大力气
我们征服了这座冰山
携手看巨大的月亮
在冰原上滚动
热寂已来临，人类捕捉一切惊奇
自相矛盾的两极
拥抱卡在燃烧的冰层里

如今一觉醒来
只剩我一个
我知你已转身离去
撤走了下山的阶梯

旧的我留在冰山上
留恋一起看过的风景
山腹中有个孤寂的太阳
正冉冉升起

这是我个人的沉溺
未来与未来，要融化在——
溶化的冰川里

船夫与孤舟

船夫立在河流之上
如同日焰吞落一颗火子
直到桨叶破水
万物才有了声音
鲸的歌,帆的风,水螺收走的大海回音
沙漏在水底被洋流推着走
梦穹不过是
一叶船的声音
一叶船追着燃烧的曙光
紧跟着游鱼的旅程
不用去在意那划船的人

抢滩登陆

错失了,错失了
像是来不及了一样
我疾如奔雷,飞驰着
在搞自己的抢滩登陆

像有什么东西被囚进罩子
萤虫的尾焰灼穿幕布
乒乓乱响,枪管塞满了提示音
橡皮擦,擦掉时光机
火花,撞上理性的坝
熄灭所有灵感

过隧道时
我刮掉了朋友送我的
云朵做的帽子
一个铁盒子里
有我和被封禁的童年

一片太阳

鲸歌响在了天空里
响在了草原上
多么不合时宜
又多么辉煌壮丽

我蒙住你的眼睛
你说眼前呐
不是一块红布
是一片太阳

鲁珀特之泪

捏它的尾巴,别打它的头!
这不是一粒玻璃水滴
它是,鲁珀特之泪——
一粒滚烫的泪珠坠入井水
凝成的琥珀
子弹触之为齑粉
猎枪铁砂都撞不碎
淬过火的命
裂了也是割风的刃

怎么破?
寻找它的尾巴
碾过那截蝌蚪,一触就破

没有无坚不摧的东西
最硬的骨头,有最毒的软肋

牵一发而动全身
土崩瓦解的致命

假装如临大敌

停下来歇歇吧
眼前的瀑布倾泻如注
你说你有点倦怠了
存在拆解不断重构
门前那棵树,守了无数春秋
没有一次,想吆喝一声截住我们的去路

你说未来有的是时间,一场风暴能持续多少天
木星大红斑,肆虐了至少三百年

如临大敌的日子
如履薄冰的日子
如赴深渊的日子
过到了什么进度?
我们这些人,好像要将所有存在构建成价值
价值垒成危房
直到今天,树突然横断

假装凝思那么久
依旧怯懦,依旧沉默
依旧,能让一切无常试炼我们

云生

从山上醒来
天空工厂正在生产残云
我踩着一把乳白色的锯
现场帮工

一个久远期许
诞生在第一百零八朵
我的抬头恰如其分

空中,我也是一朵残云
拉锯的是父母,友群、旧人
故事摇摇晃晃
我的逸散,聚合、胎中新生

年轻人不懂,错过一个人

铁轨的锈,通过车票渗进手心
当我将之递还给你
行李箱在月台已无立身之地
风声,正吞没地图册中所有
你所在的地名
那些地名隔着我
长出长城

年轻人不懂,什么是错过一个人
错过一个人
就是彻底错过一种截然不同的人生

我们共同放养的吊兰,用新叶
篡改了窗台的边境线
雨水在玻璃上倒带
你喂猫时候的静默
过去一张纸,就能折成我们
纸飞机坠毁前,最后一片晴空
而乌云已抢滩
用不了多久,雨会洗刷我们的指纹
一切都是进行时

那只未完工的手套,还挂在玄关
向独自进门的我递出半个手掌
此后很长一段时间
你将成为一个邮编
成为电话簿里,逐渐风化的虚线

我也会成为一个红笔圈住的地址
在你地图上不动
一笔一划
都卡在雨季与寒冬之间

辑·玖

周游六漠

人走进荒原,璀璨随之失落

雨势浩大,雪势亦浩大

去荒原

尘封了一个追问,在一个十月
当一个人踏进迷雾
黯淡的磷火,会被视作曙光

菖蒲都被雨浸泡,其间游弋着水蛇
嘶声里,他想起过往
行囊中掏空憧憬,像擎着星图的人王

在这个十月。注定有人要走向荒原
篝火熄灭
余温一路渗出魂魄

人走进荒原,璀璨随之失落
雨势浩大,雪势亦浩大

你说很冷

你说,很冷。
于是,我拉着你跑起来
雪山把铜铃,系在你腰上
叮当,叮当
惊醒那些死在路上的灵魂

还是黑夜呢
因为太阳被我做成一枚徽章
别在你的胸口

那时我们正年轻
年轻得
能接住整个春天的崩塌

通往一个人

十一月的朔风,吹我成为不定形之物
来了一个人,跟我来了一点废墟密语
说一些云端话、灰烬话
将我们拉扯至鸿蒙之初——
银河某颗智慧星体初判的时刻
一丝哗变的爱情暗码

天空就此为我敞开了,晴朗,空荡
我悬着,剥落了疲态
知晓了深海的咒文、极光的隐喻
沙漠的箴言,时间里的脉络
色彩绚烂交织,我以为自己有了禀赋
但人要通往另一个人
无路径,无来处,也无归宿

我攀云揽雾,要再编一顶遮阳挡雨的新斗笠
我拆梁卸柱,要再搭一座观星避风的新木屋

可除去多情、念旧和追逐幻影
我一无所恃
我的底色是多么暗沉

假如我们选择重逢

身躯需要另一具身躯来维持和叛离
像是影子复制,纵深
错视然后突围
在离别或者重逢的巷口弯曲
脚步,拐向荒芜或雷鸣

假如我们选择重逢
语言便干涸,通变成一种隐喻的
情绪,空间的色彩
掠过绸缎
经过晦涩,逐渐奔向透明
奔向爱和末日
奔向初始无邪的相遇

假如我们选择重逢
一片懵懂从核心蔓延,以沉默
释放声响
听而不闻,山风近乎消失
阳光近乎无形
天与地在关灯
眼睛在花香里合拢

蝴蝶以白昼的尾巴勾勒夜的身
翩跹中告别过去的人

世界号航船[1]

谁一笔画出了地平线
让潮汐与大漠敲击所有悬而未决

日晷与编年史,世代轮转
一艘"世界号"航船
正从大荒驶向海边

当舟楫无水路可走
桨,便成了长着苔藓的碑
焊死在船身上
在入水前百无一用

回头看,还有无数像我一样推船的胎生动物
密密匝匝,千千万万
有的手执长鞭
扬起飞灰抽打时间

灯抵着鼎沸的人声,亮了又暗
人间的故事,男女老少

---

[1] 发表于《青年诗人》

书页一样捆绑一处
装订在太阳下，匍匐、变干
冬风钻了孔
侵入夏天

风铃与故地

廊檐之下,燃起熊熊大火
狂徒登堂入室
轻率地站在崖岸上
我的人声未必传不出去
但我不想再叫喊

火里黑夜残退,光明却没来
仅把这雕梁画栋
逼入飞灰与烟尘的鬼蜮
巷道尽头是什么
是未尽的路
我细数所过之处落满的梅花
花萼上都是命数的讣告

离开与留下,启幕或落幕
并没什么两样
每当风铃再次响起
蝴蝶就会重返故地

板凳 ①

搬家时,有几个面目老旧的板凳
泰山一样沉
红色的实木,过时的暗纹
一种古气扑面的悲恸

我抚摸板凳的表面
见到荒草大片,茂密丛生
明明什么都没有种
却听到落地钟声

这几个板凳
格格不入于新家的气氛
伙同布单罩着的缝纫机
像新衣上打着的补丁

我坐上去,恍惚中看到一个身影
是鲁班的华盖
茫茫万古的灰尘?
有人说:生是过客,死是故人

---

① 发表于《黄河文学》

扔不扔,扔不扔?
游子久滞,音不可闻
终于夕阳沉沉,我已入梦
梦里我认清了那个身影

信陵的宾客没有尽
握刨子的不是鲁班
那几座泰山
是我爷爷,亲手做的板凳

我坐在门槛上拆你的信

我总在印象中记着有一幕
我坐在门槛上拆你的信
信纸沙沙响
字句间漏下的光斑
像春天,慢慢爬向我的眼睛

我还把信纸折起来
偷偷咀嚼那些
滚烫的废话
满手都是,流淌的蜂蜜

但我从未坐在门槛上拆过任何人的信

倒淌河[1]

倒淌河，水流反方向向西
像我们走错的行程
本要去往兰州
却一路走向共和县

察汗草原上单手开车的自信女人
沿着沉睡河床逆流
飞向失去的影子
错置的人生

如果能倒着压碎时辰
芙蓉城下，新雁旧蛩
都不在镜中

---

[1] 发表于《黄河文学》

泸沽草海[1]

世界是一片草海
正当其时——
一束光打透云霓与绿波
也照射出氏族的传说

一团烈火。一段隐秘寓言
格姆女神山的狮子脚
盖着这片大地
箴言，鸟背上的刺客
经幡下，牦牛皮绳的栗木棍
缠绕着魂魄

还有更重要的
阿夏的歌声
将所有的迟暮与喟叹
统统地、一丝不苟地
挡在时间之外

这里查封了自然的童年

---

[1] 发表于《青年诗人》

明媚的人
蹚过明媚的河

银杏树下漫游

走在臭了的银杏树下
我们将太阳尽量放在
领口以外的脖颈

囊中透光
言谈念及旧事
浪漫,撞到固囿的暗礁
泥沙顷刻淹没了理想号

我们跑起来
在比沙漠更辽阔的画布上奔行
扑向歧路丛生的人间

窗外,雪山洁白

司秋

少昊溜至草药店
抛售他的酸草药
万物就变了颜色
绿变成黄,粉变成灰
又有顽强的,成红孩儿

地文吹起拒变的号角
反抗军已形成
但少昊是个顽童
偷走蝉蜕,又在枯叶上画押
十万亩荷塘被他典当
一页页秋的四行诗雪片降落

这是言出法随的符文
故事的长幼总得变

飞鸟戴上云的冠冕

飞鸟戴上云的冠冕,我戴上
你编织的草环
天涯海角,仅是一程而已
在哪里不是生活
人,必须生活在哪里

别问我啊旁观者,我只是
只是一个孤独的行者
为了归属而迁徙
通关的行李和文牒
总在过境时遗落他地
像蒲公英一样,投资了
通往各地的风向

走着,跑着,跟着鸟群
要穿过那些丛林暗影
那些枯寂
寻找大地的一次次
深呼吸

霞帔

流淌着熔岩的巨眼
于无声中缓缓睁开
轰轰隆隆
大地响起苏醒的旋律

天空抖开的金红色霞帔——
是太阳扯给光明的嫁衣
千万里横劈过海面
纵贯古往今来的夜里

人也要如此夺目而不顾地走
黑暗磨牙吮血
不要怯惧
你向前走,它就向后跌去

独有的唱本

蛰虫坯户,雷始收声
用风月谢绝喧嚣
是清秋独有的唱本

人间有几段唱词
数个唱本
一本必是秋声赋

夜幕，夜幕

夜幕，夜幕，还好有不可追寻的情愫
披上星辰的斗篷，用绮丽的黑光浇筑
在黑中
人类打开恒久的囚窗
见到斑斓的万物

夜幕，夜幕，还好有不可预知的迷雾
归来的鸟巢之母，遮蔽游子的皮布
在书里
先祖落在醒悟的祭坛
手植血脉的庭树

夜幕，夜幕，还好有不可言状的风露
它是渴求的主簿，百爱无神的雩祝
在梦里
宇宙倾吐热烈的甘霖
唤醒人间的枯木

夜幕，夜幕，黑暗之主
在你的王国里
难撕毁神秘与艺术

不嘲笑落难与泅渡
乱中的花朵曾作长赋
纷纷不知其数

夜幕，夜幕
还好有永恒的夜幕

火烧云

八方旋转,风车劈开西北的腥红
把摩西之海,倒背上了天
我风尘满面,用后视镜碾着戈壁的地平线

从瓜州穿出,途经敦煌,迫近玉门
驼铃渐近
马蹄渐远
一位沉默观者,立在祁连末梢的雪山

黄沙、碛垛、荒漠、关隘
浩瀚无垠的高原露出身骨
限着思维的视野
已被风车吹离云端

眼前的荒凉与辉煌
早将这蓬头垢面之人点燃
一片星海铺开——
风云与破晓共舞的天际

坟台 [1]

咀嚼自然的骨肉
在其残骸上惬意地呻吟
淫邪杀意被涂满蜜意
温驯野蛮被做成汤羹
绅士们扯出万物的内脏
熟稔的客人坐在暗中
剃刀上的血水吧嗒吧嗒
捕鲸的枪钩成为乐声
树的心被剖出缠在手上
鲨的皮被剥下束在腰间
而它们从生到死
没有坟台

---

[1] 摘自小说《无杭》

雾幔[1]

在一个浓雾弥漫的清晨
我听到鸟鸣

一线日光坠落
带着遥远的风

说话的人环着山跑
用手刨开雾幔

山里有天真的储藏室
住着生而有福的精灵

---

[1] 发表于《中国校园文学》

净土[1]

月光稀疏地洒落在小道上
有人在荒寒中无稽地眺望
吟游的人,行在茫茫大地上
开口吟唱天上的诗

他眼见繁华与丑恶
耳闻高尚与龌龊
他的脚步不止
因为茫茫的大雾后或有一片野湖
渡过湖水,穿过沼泽
是净土

---

[1] 摘自长篇小说《无杭》

旦夕之间

旦夕之间,你我相逢在草木零落雁南飞的季节
没有谈论凋敝
只有满眼期许

刻舟

我按下暂停键
用冰镐向下,敲了个问号

答案或许已随洋流飘走
但我没有犹豫
从问号的圆心入水

打捞你遗留的指南针
它永远指向美丽消逝的方向

雾遇

落叶铺满松鼠径
暗光铺满你的瞳仁
我俩顶着星星钻过交错的藤萝
忍着惊扑入,彼此的心胸
梦垫起你局促的脚踝
一个照面,一临绝顶飞扬的吻痕
沾着海水,穿过另一个宇宙斑斓的礁群
远赴风雪沙丘的楼兰古城

原本是绝难遇到的两个灵魂
怀着憧憬,进入雾帐深层
这么看啊,你的发丝遮蔽神秘的萤火
还有那一入烟霭就轻飘的白披风
曲折的谷道,夜的深坳
肩腰上水汽氤氲

我们掩藏着雾遇时的失神与兴奋
携手奔入潮汐乱流中
是侠客和红拂女,是鲛人和弄潮儿
眼见燃起直至——
舞成一团焰

热度极似太阳的心核,仍没有停

人这一生,有几次穿雾
能见到,降临世间的幻梦

英气蒙尘的黄昏

消逝之日,他说
人都有消逝之日
在那一日来临之前
他的身姿一定是挺拔的

即使生前
磕磕绊绊地走

那些属于旧日友君的率真年代
告终于转瞬,告终于一段
英气蒙尘的黄昏

胡不归 ①

敏感、思睡的夜晚
先驱者君临了何有之邦
风露中宵之人的耳畔响起这样的呼唤：
"式微，式微！胡不归？"

他预感到有什么神迹会凌波蹈海而来
但错了那么一步，就一步
一万只蜡烛被世俗熄灭

---

① 摘自长篇小说《无杭》

借马

借你的马驮我一程风路
追月的行者
我也是流浪的旅人

我听到有人在远方悲歌
难以计数的纠葛
软禁在断崖上的琴瑟
自我迷失与名利苟合

憧憬向内蜷缩
额头上刻满了饥渴
像被刺配的囚徒
又像质子的面具,笑不如哭

你的马是一匹好马
或者说,能行在路上的都是好马
它借我一丝胆魄
让我举着旗帜寻找牧歌

借你的马我冲出漩涡
伸手抓那模糊又明亮的灯火

命运在大地上胡乱涂抹
我在夜里就睡在马背上
醒来就已把长天暖热

周游六漠

熊经鸟伸，鸱视虎顾
人随太阳和年轮吐故纳新
垦殖全新的领土
这里有暗夜的寡酒，光明的遗嘱

我不过是个黄口小儿
贸然踏入这片荒地
带着残梦、思考和各种企图
为在终结之前
述说那些未竟的言语

春食朝霞，夏食正阳
秋食沦阴，冬饮沆瀣——
世上的事，就是如此轮转
我看到了，我不畏惧